호라티우스의 시학

세계시인선

39

호라티우스의 시학

김남우 옮김

ARS POETICA et EPISTULAE II

Quintus Horatius Flaccus

일러두기

1 이 책은 D. R. Shackleton Bailey, *Q. Horatius Flaccus Opera*, 2001을
   토대로 번역했다.

2. 본문 주석은 아래의 책들을 참고하였다.

   가. N. Rudd, *Horace, Epistles Book II and Epistle to the Pisones (Ars Poetica)*,
   Cambridge University Press, 1989.

   나. C. O. Brink, *Horace on Poetry*, Cambridge University Press, 1971.

   다. Ed. Fraenkel, *Horace*, Oxford University Press, 1957.

   라. A. Kiessling und R. & Heinze, *Briefe*, Berlin, 1957.

   마. A. S. Wilkins, *The epistles of Horace*, New York, 1885. 1958.

호라티우스는 기원전 14년경 『시학(ars poetica)』이라고 불리는 서간시를 포함하여 『서간시(epistulae)』 두 권을 발표한다. 이때는 호라티우스가 『서정시(carmina)』 I~III권을 출판한 지 10년이 지난 시점이었고, 공개적으로 서정시 포기를 선언한 지도 7년이 지난 시점이었다. 이 세 편의 편지가 호라티우스의 문학론과 시인론을 전한다.

아리스토텔레스의 『시학』이 철학자의 시각에서 아티카 비극을 다룬 산문이라면, 호라티우스의 『시학』은 시인의 경험에서 시인의 덕목과 역할을 중심으로 문예 창작활동 전반을 노래한 운문이다.

철학은 시(詩)의 지위에 도전하였고, 플라톤은 시인 추방을 주장하였다. 호라티우스의 『시학』은 철학에 맞서 싸운 로마 시인의 노력을 기록한, 시인을 옹호하는 진지하면서도 즐겁고 경쾌한 시다. 철학의 한계를 넘어선 지평에 우뚝 선 호라티우스는 맑은 정신을 가진 박식한 학자 시인(poeta doctus)이었고, 인간 행복의 지혜를 선포하는 영험한 현자 시인(poeta vates)이었다.

나는 멀리 깊은 산에서 박쿠스가 노래를
가르치는 걸 보았다. 믿어라, 후손들아.

차례

시학

Ars poetica

Humano capiti cervicem pictor equinam
iungere si velit, et varias inducere plumas
undique collatis membris, ut turpiter atrum
desinat in piscem mulier formosa superne,
spectatum admissi risum teneatis, amici?   5
credite, Pisones, isti tabulae fore librum
persimilem cuius, velut aegri somnia, vanae
fingentur species, ut nec pes nec caput uni
reddatur formae. 'pictoribus atque poetis
quidlibet audendi semper fuit aequa potestas.'   10
scimus, et hanc veniam petimusque damusque vicissim;
sed non ut placidis coeant immitia, non ut
serpentes avibus geminentur, tigribus agni.

Inceptis gravibus plerumque et magna professis
purpureus, late qui splendeat, unus et alter   15
assuitur pannus, cum lucus et ara Dianae
et properantis aquae per amoenos ambitus agros
aut flumen Rhenum aut pluvius describitur arcus.
sed nunc non erat his locus. et fortasse cupressum
scis simulare: quid hoc, si fractis enatat exspes   20
navibus aere dato qui pingitur? amphora coepit

시학

사람 머리에 말 모가지를 화가가
붙여 놓고, 사방팔방 팔다리를 주위 달며
별의별 새털을 덧대어, 아랫도리는 거무데데
꼴사나운 생선인데 위는 곱상한 여인이라면
친구들아, 이를 보고 웃음을 참을 수 있겠습니까?   5
피소 부자여, 이런 그림과 꼭 닮은 책이 분명코
있으리니, 열병앓이 얼뜬 꿈꾸듯, 책 속에
어이없는 망상을 늘어놓아 결국 위아래에
조화로운 태가 바이 없으리다. '화가나 시인은
뭐든 감행할 똑같은 권리를 늘 갖노라.'   10
익히 아는 바, 나도 요청한 바, 양해한 바입니다.
하나 순한 것을 흉한 것에 짝 지우며, 뱀을 새와,
범을 양과 어르게 하는 것까지는 아닙니다.

시작엔 웅장한 노래를 하겠다 크게 떠벌리며
널리 빛나도록 주홍 띠를 한 줄 두 줄 이어   15
꿰매고는, 디아나 여신의 숲과 제단을
그리고 아담한 들판에 재촉하며 흐르는 시냇물을
혹은 레누스강을 혹은 무지개를 묘사합니다.
그게 있을 자리가 아닌데도. 행여 삼나무를
흉내낸 줄 안다고, 그림 삯을 받고 난파선에서   20
살아나온 이에게 삼나무를 그려 줄까요? 술병을

institui: currente rota cur urceus exit?
denique sit quodvis, simplex dumtaxat et unum.

Maxima pars vatum, pater et iuvenes patre digni,
decipimur specie recti. brevis esse laboro,   25
obscurus fio; sectantem levia nervi
deficiunt animique; professus grandia turget;
serpit humi tutus nimium timidusque procellae.
qui variare cupit rem prodigialiter unam,
delphinum silvis appingit, fluctibus aprum: 30
in vitium ducit culpae fuga, si caret arte.
Aemilium circa Ludum faber unus et unguis
exprimet et mollis imitabitur aere capillos,
infelix operis summa, quia ponere totum
nesciet. hunc ego me, si quid componere curem,   35
non magis esse velim quam naso vivere pravo,
spectandum nigris oculis nigroque capillo.

Sumite materiam vestris, qui scribitis, aequam
viribus et versate diu, quid ferre recusent,
quid valeant umeri. cui lecta pudenter erit res,   40
nec facundia deseret hunc nec lucidus ordo.

빚자더니, 물레가 돌아 물동이가 웬 말입니까?
요컨대, 뭐든 뜻대로! 다만 단순하게 단일하게.

부전자전의 피소 부자여, 대개 우리들 시인은
옳게 쓴다 착각합니다. 간결하려고 애쓰다   25
모호해지고, 매끈함을 쫓다가 맥없고
힘없이 됩니다. 큰 걸 호언하다 부어오릅니다.
풍랑을 피하다 너무나 소심하게 땅을 기고
단조로움을 특이하게 변주하길 열망하다
돌고래를 숲에, 멧돼지를 바다에 보태어 그립니다.   30
기술이 없으니, 잘못을 피하려다 실수를 범합니다.
아이밀리우스 학교 근처의 장인은 청동으로
손톱이며 가는 머리카락을 그대로 만들겠지만
작품 전체는 흉작입니다. 전체를 보지
못하기 때문입니다. 글을 쓸 때에 이 장인을   35
닮고 싶지 않습니다. 뭉개진 코에 서글서글한
검은 눈과 고운 흑빛 머리카락으로 사는 꼴입니다.

글을 쓰는 그대들은 능력에 맞는 글감을
고르시라. 불감당은 아닌지 어깨가 견딜 수 있을지
오래 두고 살피시라. 조심스레 고른 자를   40
유창한 화법과 명쾌한 글 배열이 버리지 않습니다.

Ordinis haec virtus erit et venus, aut ego fallor,
ut iam nunc dicat iam nunc debentia dici,
pleraque differat et praesens in tempus omittat.

Hoc amet, hoc spernat promissi carminis auctor.   45
in verbis etiam tenuis cautusque serendis
dixeris egregie, notum si callida verbum
reddiderit iunctura novum. si forte necesse est
indiciis monstrare recentibus abdita rerum,
fingere cinctutis non exaudita Cethegis   50
continget dabiturque licentia sumpta pudenter;
et nova fictaque nuper habebunt verba fidem si
Graeco fonte cadent, parce detorta. quid autem
Caecilio Plautoque dabit Romanus ademptum
Vergilio Varioque? ego cur, acquirere pauca   55
si possum, invideor, cum lingua Catonis et Enni
sermonem patrium ditaverit et nova rerum
nomina protulerit? licuit semperque licebit
signatum praesente nota procudere nummum.
ut silvae foliis privos mutantur in annos,   60
prima cadunt ....
.... ita verborum vetus interit aetas

14

글 배열의 요체요 매력은, 내가 틀릴 수도 있지만,
바로 이 순간 말해야 할 바를 이 순간 말하고
나머진 미루어 지금은 제쳐 두는 데 있습니다.

한편 취하며 한편 버리매 촉망받는 시인이 될지니.　　　45
말 농사를 짓겠거든 세심히 염려하여,
흔한 단어라도 재치 있게 꿰어 새롭게 한다면
대단한 노래를 하리니. 어쩌다 미답의
사태를 처음 짓는 낱말로 보여주어야 한다면
허릴 쫌맨 케테구스들이 듣도 못한 말을 만들어도　　　50
좋겠고, 그예 다소곳하게 양해가 주어집니다.
새로 지어내도 낱말이 희랍의 샘에서 흘러나오면,
살짝 엉뚱해도 세상의 인정을 받습니다. 어이
이를 로마가 카이킬리우스와 플라우투스에게
허하고, 베르길리우스와 바리우스에게 금합니까?　　　55
카토와 엔니우스가 신조어로 우리말을 늘렸다면,
난 거기다 그저 조금 보탰을 뿐이거늘 어이
날 흘겨보시는지? 오늘의 표정을 담은 주화를
찍어냄은 어제와 다름없이 내일도 가능합니다.
숲이 한 해 한 해 나뭇잎을 따라 변신하듯　　　60
처음 건 떨어져……………
……… 낡은 말들의 세월도 그렇게 사라져가고

et iuvenum ritu florent modo nata vigentque.

debemur morti nos nostraque; sive receptus

terra Neptunus classis Aquilonibus arcet,

regis opus, sterilisve diu palus aptaque remis   65

vicinas urbis alit et grave sentit aratrum,

seu cursum mutavit iniquum frugibus amnis

doctus iter melius: mortalia facta peribunt,

nedum sermonum stet honos et gratia vivax.

multa renascentur quae iam cecidere, cadentque   70

quae nunc sunt in honore vocabula, si volet usus,

quem penes arbitrium est et ius et norma loquendi.

Res gestae regumque ducumque et tristia bella

quo scribi possent numero, monstravit Homerus.

versibus impariter iunctis querimonia primum,   75

post etiam inclusa est voti sententia compos;

quis tamen exiguos elegos emiserit auctor,

grammatici certant et adhuc sub iudice lis est;

Archilochum proprio rabies armavit iambo;

hunc socci cepere pedem grandesque cothurni,   80

alternis aptum sermonibus et popularis

vincentem strepitus et natum rebus agendis;

새로운 말은 청춘처럼 싱그럽게 꽃을 피웁니다.
우리도 우리가 한 일도 세상을 떠납니다.
흙으로 바다를 막아 험한 서풍에서 배를 지킨들,
제왕의 치적, 쪽배나 다닐 한참 쓸모없던 늪지가   65
인근 도시를 먹이며 무거운 쟁기질을 견뎌 낸들,
추수를 질투하던 강이 나은 길을 배워
물길을 바꾼들, 사람의 일은 소멸하기 마련이고,
생동하던 말의 영광도 우아함도 영원하진 못합니다.
이미 죽었던 많은 말이 다시 살아나는가 하면   70
지금 영광을 누리는 말도 사라져 갑니다,
말의 심급이며 척도이며 법률인 세상 입맛에 따라.

신들과 영웅들의 업적과 쓰라린 전쟁을
어느 운율로 쓸 수 있을지 호메로스가 선보였습니다.
두 시행을 껑뚱하게 맞붙여 처음엔 비탄을   75
나중엔 간절한 기원도 거기 맞추어 노래했다지만,
뉘 이렇게 자그마한 엘레기를 짓기 시작했는지
선생들은 논쟁하여 아직도 송사중입니다.
분노한 아르킬로코스는 그의 얌보스를 무기로 들었고,
희극이나 높은 장화의 비극이 이 운율을 취한 건   80
주고받는 대사에 적합하며 시민들의 고함을
이겨내어 극 진행에 천생 알맞기 때문입니다.

Musa dedit fidibus divos puerosque deorum

et pugilem victorem et equum certamine primum

et iuvenum curas et libera vina referre: 85

descriptas servare vices operumque colores

cur ego si nequeo ignoroque poeta salutor?

cur nescire pudens prave quam discere malo?

versibus exponi tragicis res comica non vult;

indignatur item privatis ac prope socco   90

dignis carminibus narrari cena Thyestae:

singula quaeque locum teneant sortita decentem.

interdum tamen et vocem comoedia tollit

iratusque Chremes tumido delitigat ore;

et tragicus plerumque dolet sermone pedestri,   95

Telephus et Peleus cum pauper et exsul uterque

proicit ampullas et sesquipedalia verba,

si curat cor spectantis tetigisse querella.

Non satis est pulchra esse poemata: dulcia sunto,

et quocumque volent animum auditoris agunto.   100

ut ridentibus arrident, ita flentibus adflent

humani vultus. si vis me flere, dolendum est

primum ipsi tibi: tum tua me infortunia laedent,

무사 여신은 뤼라를 뜯어 신들과 신들의 자손들,
권투경기의 승리자, 경주에서 일등한 말,
젊은이의 사랑, 근심 잊을 술을 노래했습니다.   85
작품마다 달리 매겨지는 변화와 색깔을
유의할 줄 모르면서 어찌 시인이라 인사받으리까?
배우지 않고 못난 수치심에 어찌 무지를 택하리까?
희극 소재는 비극 시행으로 펼쳐지길 꺼립니다.
마찬가지로, 희극에 어울릴 운율과 속된 노래로   90
튀에스테스의 만찬을 지껄인다면 분노할 일입니다.
작품마다 할당된 합당한 자리를 가질지어다!
물론 때로 희극도 목소리를 근엄하게 높이는 바
성난 크레메스는 부은 입으로 격노합니다.
왕왕 비극도 산문투로 아픔을 토로하여,   95
텔레포스와 펠레우스는 모두 가난한 추방자로
일 척 오 촌의 과장된 대사를 내려놓으니
신세 한탄으로 관객의 가슴을 적시려고 애쓸 때.

시가 곱다고 충분하리까? 달콤할지니,
시란 제 가는 대로 청중의 마음을 이끌지어다.   100
시인이 웃을 때 함께 웃고, 슬퍼할 때 슬퍼하는
사람들 표정. 눈물짓는 나를 보겠거든 네가 먼저
아파해야겠고, 그때 네 불행이 날 울리리라,

Telephe vel Peleu; male si mandata loqueris,
aut dormitabo aut ridebo. tristia maestum   105
vultum verba decent, iratum plena minarum,
ludentem lasciva, severum seria dictu.
format enim Natura prius nos intus ad omnem
fortunarum habitum: iuvat aut impellit ad iram
aut ad humum maerore gravi deducit et angit: 110
post effert animi motus interprete lingua.
si dicentis erunt fortunis absona dicta,
Romani tollent equites peditesque cachinnum.
intererit multum, divusne loquatur an heros,
maturusne senex an adhuc florente iuventa   115
fervidus, et matrona potens an sedula nutrix,
mercatorne vagus cultorne virentis agelli,
Colchus an Assyrius, Thebis nutritus an Argis.

Aut famam sequere aut sibi convenientia finge.
scriptor +honoratum+ si forte reponis Achillem,   120
impiger, iracundus, inexorabilis, acer
iura neget sibi nata, nihil non arroget armis.
sit Medea ferox invictaque, flebilis Ino,
perfidus Ixion, Io vaga, tristis Orestes.

텔레포스여, 펠레우스여! 역할을 잘못 전달한다면
난 졸거나 실소할겁니다. 언짢은 말은   105
어두운 표정에, 을러대는 말은 성난 표정에,
욕정은 달뜬 표정이, 훈계는 심각한 표정이 제격.
대자연은 우리 인간에게 먼저 내면에서 온갖
성쇠의 형편에 따라, 기쁘게 하고 분노케 하고
무거운 슬픔에 빠뜨리고 괴롭게 합니다.   110
나중에 영혼의 동요를 전달자인 혀로 운반케 합니다.
타고난 귀천에 말하는 꼴이 맞지 않는다면
로마 귀족과 평민은 박장대소 합니다.
말하는 모양은 많이 다릅니다. 신이냐, 영웅이냐,
연만한 노인이 말하느냐, 막 꽃핀 청춘에 뜨거운   115
젊은이냐, 호령하는 마나님이냐, 바지런한 젖어멈이냐,
길 떠도는 상인이냐, 푸성귀 밭을 돌보는 농부냐,
콜키스, 아쉬리아, 테베, 아르고스, 태생 따라.

명성을 따르거나, 아님 앞뒤가 맞게 지으시라.
작가로 명예로운 아킬레우스를 무대에 올리려거든   120
싸움에 물리지 않고, 일쑤 버럭하고, 완강하고, 사납고
법을 따르지 않고 칼로 끝장 보는 사람이기를!
모질고 굽힐줄 모르는 메데아, 눈물 많은 이노,
속이는 익시온, 방황하는 이오, 침울한 오레스테스.

si quid inexpertum scaenae committis et audes 125
personam formare novam, servetur ad imum
qualis ab incepto processerit et sibi constet.
difficile est proprie communia dicere, tuque
rectius Iliacum carmen diducis in actus
quam si proferres ignota indictaque primus. 130
publica materies privati iuris erit, si
non circa vilem patulumque moraberis orbem
nec verbo verbum curabis reddere fidus
interpres nec desilies imitator in artum,
unde pedem proferre pudor vetet aut operis lex. 135

Nec sic incipies, ut scriptor cyclicus olim
'fortunam Priami cantabo et nobile bellum.'
quid dignum tanto feret hic promissor hiatu?
parturient montes, nascetur ridiculus mus.
quanto rectius hic, qui nil molitur inepte! 140
'dic mihi, Musa, virum, captae post tempora Troiae
qui mores hominum multorum vidit et urbis.'
non fumum ex fulgore, sed ex fumo dare lucem
cogitat, ut speciosa dehinc miracula promat,
Antiphaten Scyllamque et cum Cyclope Charybdim. 145

근데 극 전승에 시도된 적 없던 걸 올려 과감히   125
새로운 인물을 조형한다면, 시종 한결같이
처음의 성격이 변함없어야 합니다.
공공재를 사적으로 노래하는 건 어렵지만
일리아스를 장면별로 무대에 올리시라.
무명의 생소한 초연보다 그게 옳습니다.   130
공유물에도 사적 권리가 발생합니다. 만일
누구나 갈 싸구려 세계에 머물지 않고,
쓰인 글자 있는 그대로 옮기는 충실한 번역자가
되지도 않고, 좁은 틈에 몸을 던진 번안가로
창작의 계율 혹은 염치에 움츠리지도 않는다면.   135

과거 연작시 소리꾼처럼 이렇게 시작하지 말지니.
"프리아모스의 운명과 유명한 전쟁을 노래하노라."
이 허풍선은 벌린 입만큼 큰 약속을 지킬는지?
태산이 몸을 풀어 우스운 생쥐가 태어납니다.
허튼 걸 꾀하지 않은 시인은 얼마나 옳은가!   140
"무사여, 내게 사내를 노래하라. 트로이아 점령 후
많은 사람들의 나라와 풍습을 보았던 사내를."
불꽃에서 연기가 아니라, 연기에서 불꽃을 살리려
생각하여 이후 놀라운 경이를 꺼내놓으니
안티파테스, 스퀼라, 퀴클롭스와 카립디스를.   145

Nec reditum Diomedis ab interitu Meleagri
nec gemino bellum Troianum orditur ab ovo.
semper ad eventum festinat et in medias res
non secus ac notas auditorem rapit, et quae
desperat tractata nitescere posse relinquit,   150
atque ita mentitur, sic veris falsa remiscet,
primo ne medium, medio ne discrepet imum.

Tu quid ego et populus mecum desideret audi:
si plausoris eges aulaea manentis et usque
sessuri, donec cantor 'vos plaudite' dicat,   155
aetatis cuiusque notandi sunt tibi mores,
mobilibusque decor naturis dandus et annis.
reddere qui voces iam scit puer et pede certo
signat humum, gestit paribus colludere et iram
concipit ac ponit temere et mutatur in horas.   160
imberbis iuvenis, tandem custode remoto,
gaudet equis canibusque et aprici gramine Campi,
cereus in vitium flecti, monitoribus asper,
utilium tardus provisor, prodigus aeris,
sublimis cupidusque et amata relinquere pernix.   165
conversis studiis aetas animusque virilis

디오메데스의 귀향을 멜레아그로스의 죽음에서,
트로이아 전쟁을 쌍란부터 시작하지 않습니다.
늘 결말로 서두릅니다. 사건의 한가운데로
이미 잘 알고있다 치고 청중을 잡아챕니다.
그리고 노래해도 빛나지 않을 건 생략하여   150
그렇게 지어내어 거짓과 진실을 섞되
시작과 중간, 중간과 끝이 어긋나지 않게 합니다.

그대는 나와 인민이 원하는 바를 들으시라.
청중이 막을 걸을 때까지 떠나지 않고, 가수가
"여러분 박수" 할 때까지 앉아 있길 원한다면,   155
나이에 따라 달라지는 모습을 잘 표현해야 하며
쌓여가는 나이에 맞는 장식을 부여해야 합니다.
아기는 방금 들은 말을 따라 하며 걸음 걸음
걸음마를 떼며 나이 또래와 쉽게 어울려 놀며
골 부렸다 풀었다 시시각각 골백번도 바뀝니다.   160
뽀얀 솜털의 소년은 마침내 보호자를 벗어나
말이나 개, 땡볕 연병장의 풀밭을 좋아하며
비뚤어지는 덴 고분고분, 바로잡는 덴 까칠까칠,
돈벌이에 느린 놈이 쓰는 덴 일가견,
부푼 꿈으로 들떠 있다가도 곧 싫증을 냅니다   165
마음이 장년에 이르면 좋는 바가 바뀌고

quaerit opes et amicitias, inservit honori,

commisisse cavet quod mox mutare laboret.

multa senem circumveniunt incommoda, vel quod

quaerit et inventis miser abstinet ac timet uti,   170

vel quod res omnis timide gelideque ministrat,

dilator, spe longus, iners pavidusque futuri,

difficilis, querulus, laudator temporis acti

se puero castigator censorque minorum.

multa ferunt anni venientes commoda secum,   175

multa recedentes adimunt. ne forte seniles

mandentur iuveni partes pueroque viriles,

semper in adiunctis aevoque morabimur aptis.

Aut agitur res in scaenis aut acta refertur.

segnius irritant animos demissa per aurem   180

quam quae sunt oculis subiecta fidelibus et quae

ipse sibi tradit spectator. non tamen intus

digna geri promes in scaenam multaque tolles

ex oculis, quae mox narret facundia praesens.

ne pueros coram populo Medea trucidet   185

aut humana palam coquat exta nefarius Atreus

aut in avem Procne vertatur, Cadmus in anguem.

재산과 당파를 찾으며 관직에 욕심 내며
후에 바꾸기 힘든 일은 아예 손대지 않습니다.
많은 꼴불견이 노년 주변을 에워싸니, 혹은
벌어들이고 번 건 불쌍타 기어코 쓰지 않고   170
혹은 매사 두려워 소심하게 미적대며 차일피일
미루고, 혹시나 기대하며, 일없이 내일을 걱정하고,
까탈 부리고 투덜대며 왕년을 논하여 떠벌려
'내 어릴 적' 운운 젊은이를 나무라고 혼냅니다.
오는 세월은 함께 많은 유익도 데리고 오지만   175
떠날 때는 그걸 빼앗아 갑니다. 노년의 행보를
소년이, 장년의 행보를 유년이 행하지 않도록,
늘 나이와 격에 어울리는 모습을 지킬 겁니다.

사건은 무대의 실연(實演) 혹은 전령의 보고로.
귀로 듣는 건 영혼을 자극하는데 더뎌   180
믿음직한 눈앞에 던져진 것만, 관객이 직접
사건을 접하는 것만 못합니다. 그래도 안에서
행해져야 할 건 무대에 올리지 말며,
눈앞에서 치워 놓고 등장한 달변이 보고하길.
인민 앞에서 메데아가 자식들을 죽인다거나   185
끔찍한 아트레우스가 밖에서 인유을 삶거나
프로크네는 새가, 카드모스는 뱀이 되지 않길.

27

quodcumque ostendis mihi sic, incredulus odi.

Neve minor neu sit quinto productior actu
fabula quae posci vult et spectanda reposci.   190
nec deus intersit, nisi dignus vindice nodus
inciderit, nec quarta loqui persona laboret.
actoris partis chorus officiumque virile
defendat, neu quid medios intercinat actus
quod non proposito conducat et haereat apte.   195
ille bonis faveatque et consilietur amice
et regat iratos et amet peccare timentis,
ille dapes laudet mensae brevis, ille salubrem
iustitiam legesque et apertis otia portis.
ille tegat conmissa deosque precetur et oret,   200
ut redeat miseris, abeat Fortuna superbis.

Tibia non, ut nunc, orichalco vincta tubaeque
aemula, sed tenuis simplexque foramine pauco
aspirare et adesse choris erat utilis atque
nondum spissa nimis complere sedilia flatu;   205
quo sane populus numerabilis, utpote parvus,
et frugi castusque verecundusque coibat.

이런 걸 내게 보여준다면 의심하다 멀리 합니다.

극은 다섯 막보다 적거나 길지 않기를,
보겠다 또 보겠다 하는 극을 원한다면.   190
신은 매듭의 해결사가 필요한 경우 외에는
끼지말라. 제4의 배우는 말하려 애쓰지 말라.
합창대가 배우 한 사람 몫과 역할을 수행하리다.
합창대는 극중에 느닷없이 끼어들어
흐름과 어긋난 노래를 부르지 말지니.   195
합창대는 선인에게 호의와 애정으로 조언하고
분노할 때 바로잡고 죄로 두려울 때 벗이 되며,
합창대는 단출한 식탁을 칭찬하며, 합창대는
건강한 정의와 법, 문 열린 평온을 칭송하리다.
합창대는 비밀을 덮고 신들께 간청합니다,   200
불행에 행운이 찾고 오만에 행운이 떠나길.

옛 피리는 오늘과 달라 놋쇠를 둘러 나팔과
겨루지 않았고 적은 구멍에 가늘고 단순하며
무던히 합창대를 도와주고 반주하였는데
그 소리로 아직 덜 빼곡하던 객석을 채웠습니다.   205
시민이 헤아릴 만큼 워낙 소수인 덕이고
모여도 절제하고 점잖고 겸손한 덕분입니다.

postquam coepit agros extendere victor et urbem

latior amplecti murus vinoque diurno

placari Genius festis impune diebus, 210

accessit numerisque modisque licentia maior.

indoctus quid enim saperet liberque laborum

rusticus urbano confusus, turpis honesto?

sic priscae motumque et luxuriem addidit arti

tibicen traxitque vagus per pulpita vestem; 215

sic etiam fidibus voces crevere severis,

et tulit eloquium insolitum facundia praeceps

utiliumque sagax rerum et divina futuri

sortilegis non discrepuit sententia Delphis.

Carmine qui tragico vilem certavit ob hircum, 220

mox etiam agrestis Satyros nudavit et asper

incolumi gravitate iocum temptavit, eo quod

illecebris erat et grata novitate morandus

spectator, functusque sacris et potus et exlex.

verum ita risores, ita commendare dicaces 225

conveniet Satyros, ita vertere seria ludo,

ne quicumque deus, quicumque adhibebitur heros,

regali conspectus in auro nuper et ostro,

전승국이 토지를 넓히고 더 넓게 성벽이
도시를 감싸고, 한낮에도 술에 취하여
축제로 거리낌 없이 수호신을 달래게 되자,   210
운율과 가락에 전보다 큰 방종이 보태졌습니다.
왠고하니 무지렁이, 들일을 벗어난 괴덕스런 촌놈이
점잖은 도시 인사와 어울릴손 그 맛을 알겠습니까?
그래 옛 공연술에 동작과 화려한 치장을 덧붙여
취주자는 옷을 끌며 무대를 돌아다닙니다.   215
그래 묵직하던 비파도 소리를 부풀렸고,
화법도 목소리를 이상스레 높이 올리고
유용한 지혜와 미래의 예언을 전하던
금언은 델포이 신탁과 다르지 않게 되었습니다.

시인은 서푼짜리 염소를 걸고 비극을 경합하고,   220
이어 야생의 사튀로스들을 벗겨놓고 짓궂게
엄숙함이 손상되지 않는 농담을 시도했으니,
새로운 볼거리를 미끼로 던져 제사를 마치고
얼큰 취하고 들뜬 관중을 잡아두려 했습니다.
하나 그만큼만 웃거나 지껄이게 하고 그만큼만   225
사튀로스들이 진지함을 장난으로 바꾸게 하니,
누구든 신이나 영웅이었다가 호출될 사람이
왕의 황금 옷과 훌륭한 자색 옷을 걸친 채

migret in obscuras humili sermone tabernas
aut, dum vitat humum, nubes et inania captet.   230
effutire levis indigna tragoedia versus,
ut festis matrona moveri iussa diebus,
intererit Satyris paulum pudibunda protervis.
non ego inornata et dominantia nomina solum
verbaque, Pisones, Satyrorum scriptor amabo   235
nec sic enitar tragico differre colori,
ut nihil intersit, Davusne loquatur et audax
Pythias, emuncto lucrata Simone talentum,
an custos famulusque dei Silenus alumni.
ex noto fictum carmen sequar, ut sibi quivis   240
speret idem, sudet multum frustraque laboret
ausus idem: tantum series iuncturaque pollet,
tantum de medio sumptis accedit honoris.
silvis deducti caveant, me iudice, Fauni
ne velut innati triviis ac paene forenses   245
aut nimium teneris iuvenentur versibus umquam
aut immunda crepent ignominiosaque dicta.
offenduntur enim, quibus est equus et pater et res,
nec, si quid fricti ciceris probat et nucis emptor,
aequis accipiunt animis donantve corona.   250

천한 말본새로 음침한 술집을 찾거나,

저열을 피한답시고 뜬구름 헛소리를 하지 않을 만큼.   230

비극이 경박한 시구를 뱉는 건 옳지 않아,

양갓집 부인에게 축젯날 질펀 놀아보라는 꼴,

뻔뻔한 사튀로스들도 약간의 염치는 있어야합니다.

나는 저잣거리에 쓰이는 밋밋한 단어들만을,

사튀로스극을 쓸 때, 피소 부자여, 택하진 않으며   235

비극의 색깔과 달라지도록 애쓰지도 않으나,

다만 차이가 있어, 다부스가 이야기하느냐,

시모를 속여 거금을 뜯던 대담한 퓌티아스냐,

갓난 신의 양육자며 봉사자 실레노스냐는 다릅니다.

평범한 말로 극이 지어지니, 아무개나   240

이를 자신하여 땀 흘리고 고생하고 성과 없이

시도하나, 말을 잇고 붙이는 능력이 중요한 고로

이것이 시중의 언어에 명예를 부여합니다.

내 생각인 바, 숲에서 데려온 파우누스들은

천민 태생처럼도 아니며 연설가처럼도 아니며   245

혹 지나치게 야들야들한 시구를 늘어놓아서도

혹 지저분한 음담을 지껄여도 안 됩니다.

이에 말과 가부장과 재산을 가진 분들이 불쾌하니,

구운 완두콩 장수나 밤 장수가 좋다 한들,

저들 마음이 불편하면 승리의 관은 없으리다.   250

Syllaba longa brevi subiecta vocatur iambus,
pes citus; unde etiam trimetris accrescere iussum
nomen iambeis, cum senos redderet ictus,
primus ad extremum similis sibi. non ita pridem
tardior ut paulo graviorque veniret ad auris,   255
spondeos stabilis in iura paterna recepit
commodus et patiens, non ut de sede secunda
cederet aut quarta socialiter. hic et in Acci
nobilibus trimetris apparet rarus et Enni
in scaenam missos cum magno pondere versus   260
aut operae celeris nimium curaque carentis
aut ignoratae premit artis crimine turpi.

Non quivis videt immodulata poemata iudex
et data Romanis venia est indigna poetis.
idcircone vager scribamque licenter? an omnis   265
visuros peccata putem mea, tutus et intra
spem veniae cautus? vitavi denique culpam.
non laudem merui. vos exemplaria Graeca
nocturna versate manu, versate diurna.
at vestri proavi Plautinos et numeros et   270
laudavere sales, nimium patienter utrumque,

짧은 음절에 긴 음절을 잇댄 건 얌부스,
빠른 걸음. 이에 더욱 키워져 세 걸음 얌부스란
이름을 명받았고, 여섯 개의 강박자를 갖추나,
첫걸음에서 마지막까지 동일한 반복. 얼마후엔
귀에 약간 느리고 무겁게 들릴 정도로,   255
견고한 스폰데우스에 유산을 허락하여
선뜻 순순히 수용하되, 두 번째와 네 번째 자리엔
공히 거부했습니다. 이 얌부스는 아키우스의
유명한 세 걸음 시에 드물게 보이며, 엔니우스의
무대에 던져진 육중한 무게의 시행에   260
조심없이 지나치게 서둘러 지은 것이냐
운율을 모르냐 흉한 죄의 부담을 지웁니다.

모두가 틀린 운율을 듣는 비평가는 아니로되,
로마 시인들에겐 과한 관용이 주어집니다.
그 핑계로 횡설수설 함부로 쓰리까? 아님 누구나   265
내 실수를 보리라 여겨, 관용 범위 안에서 신중하게
조심히 쓰리까? 난 겨우 과오를 면했습니다.
칭찬받을만 하지 못했습니다. 그대들은 희랍 모범을
밤낮으로 낮으로 손에서 내려놓지 마시라.
한데 그대들 조부는 플라우투스의 운율과   270
익살에 관대하여 둘 다를 칭송했으나

ne dicam stulte, mirati, si modo ego et vos
scimus inurbanum lepido seponere dicto
legitimumque sonum digitis callemus et aure.

Ignotum tragicae genus invenisse Camenae   275
dicitur et plaustris vexisse poemata Thespis,
quae canerent agerentque peruncti faecibus ora.
post hunc personae pallaeque repertor honestae
Aeschylus et modicis instravit pulpita tignis
et docuit magnumque loqui nitique cothurno.   280
successit vetus his comoedia, non sine multa
laude; sed in vitium libertas excidit et vim
dignam lege regi: lex est accepta chorusque
turpiter obticuit sublato iure nocendi.

Nil intemptatum nostri liquere poetae,   285
nec minimum meruere decus vestigia Graeca
ausi deserere et celebrare domestica facta
vel qui praetextas vel qui docuere togatas.
nec virtute foret clarisque potentius armis
quam lingua Latium, si non offenderet unum   290
quemque poetarum limae labor et mora. vos, o

어리석다기보다, 나와 그대들이 재치와 거친 농담을
가를 줄 알고, 바른 운율을 손가락과 귀로
익히 알아, 과하게 경탄했다 하겠습니다.

예전엔 없던 비극 카메나의 문학류를 창안해낸   275
테스피스는 비극을 마차에 싣고 다녔다,
앙금으로 분칠하고 노래하고 공연했다 합니다.
이어, 가면과 우아한 장옷을 고안한 시인
아이스퀼로스는 어설픈 나무 무대를 세웠고
숭엄하게 말하고 장화를 신도록 가르쳤습니다.   280
구희극이 이들 뒤를 이었고 찬사를 없지 않게
누립니다. 헌데 자유 언사는 범죄로 변하고 징벌이
필요한 폭력이 되었습니다. 법 제정으로 합창대는
비방 권리를 무참히 잃고 입을 닫았습니다.

우리 시인들은 안 해본 것이 없으니,   285
적지 않은 명성을 얻으며 희랍의 발자취를
과감히 버리고 로마의 업적을 찬양했고
때로 관복 비극, 때로 평복 희극으로 다루었습니다.
용기와 무훈 못지않게 어쩌면 언어에서도
라티움은 상국이 되었을 것이, 시인 각각이   290
말 다듬는 수고와 시간을 불평하지 않았다면.

Pompilius sanguis, carmen reprehendite quod non
multa dies et multa litura coercuit atque
perfectum decies non castigavit ad unguem.
ingenium misera quia fortunatius arte   295
credit et excludit sanos Helicone poetas
Democritus, bona pars non unguis ponere curat,
non barbam, secreta petit loca, balnea vitat.
nanciscetur enim pretium nomenque poeta
si tribus Anticyris caput insanabile numquam   300
tonsori Licino commiserit. o ego laevus,
qui purgor bilem sub verni temporis horam!
non alius faceret meliora poemata. verum
nil tanti est. ergo fungar vice cotis, acutum
reddere quae ferrum valet exsors ipsa secandi;   305
munus et officium nil scribens ipse docebo,
unde parentur opes, quid alat formetque poetam,
quid deceat, quid non, quo virtus, quo ferat error.

Scribendi recte sapere est et principium et fons.
rem tibi Socraticae poterunt ostendere chartae   310
verbaque provisam rem non invita sequentur.
qui didicit, patriae quid debeat et quid amicis,

너희 폼필리우스 혈통이여, 저런 시는 견책하시라,
많은 날들 거듭 지우개로 단련치 않은 시,
손톱으로 열 번 완벽히 매만지지 않은 시.
가여운 기술은 재능을 이기지 못한다 믿으며   295
맑은 정신의 시인들을 헬리콘 산에서 내쫓은
데모크리토스, 상당수는 손톱을 다듬지도
수염을 깎지도 않고 처박혀 목욕을 피합니다.
하여 시인은 명성과 값어치를 얻을 것이니,
안티퀴라를 세 번 써도 못 고칠 머리를   300
이발사 리키누스에게 안 맡겼다면. 멍청한 나는
봄기운 살랑일 때면 담즙을 치료했구나!
다른 누구보다 좋은 시를 썼을 것을! 하나
그리 큰 일도 아닙니다. 대신 나는 숫돌이,
벨 수는 없으나 칼을 벼리는 숫돌이 되렵니다.   305
직접 쓰지 않고, 과업과 역할을 가르치렵니다,
힘이 어디서 오는지, 뭣이 시인을 키우고 만드는지,
해야 할 일과 아닌 일, 능력과 무능의 결과를.

지혜는 바른 글쓰기의 시작이며 원천입니다.
소크라테스의 책은 사태를 보여줄 수 있고   310
사태를 파악하면 말은 자연스레 따르는 법.
조국을 위해 무얼 해야 할지, 친구들을 위해,

quo sit amore parens, quo frater amandus et hospes,
quod sit conscripti, quod iudicis officium, quae
partes in bellum missi ducis, ille profecto   315
reddere personae scit convenientia cuique.
respicere exemplar vitae morumque iubebo
doctum imitatorem et vivas hinc ducere voces.
interdum speciosa locis morataque recte
fabula nullius Veneris sed pondere inerti,   320
valdius oblectat populum meliusque moratur
quam versus inopes rerum nugaeque canorae.

Grais ingenium, Grais dedit ore rotundo
Musa loqui, praeter laudem nullius avaris.
Romani pueri longis rationibus assem   325
discunt in partis centum diducere. 'dicat
filius Albini: si de quincunce remota est
uncia, quid superat? poteras dixisse.' 'triens.' 'eu!
rem poteris servare tuam. redit uncia, quid fit?'
'semis.' an, haec animos aerugo et cura peculi   330
cum semel imbuerit, speremus carmina fingi
posse linenda cedro et levi servanda cupresso?

부모를 어떤 효도로, 형제와 손님을 어떤 우애로,
원로원과 심판인의 의무를, 어떤 역할을
전쟁에 나간 장군이 하는지를 배운 시인은 분명   315
각 인물에 적합한 성격을 살려낼 수 있습니다.
명하노니, 본보기가 되는 삶들을 지켜보며
현명한 모방자로 게서 생생한 목소리를 찾으시라.
때로 모범들로 눈부시고 올바르게 그려 내는
이야기는 사랑이나 무게를 갖추지 않을지라도,   320
인민을 더욱 즐겁게 하며 잘 묶어둘 겁니다.
알맹이 없는 헛된 시구는 못 할 일입니다.

희랍인들에게 말을 공글리는 재능을 주었습니다,
무사 여신은 오직 명성을 추구하는 희랍인들에게.
로마의 아이들은 오랜 계산 끝에 아스를   325
어찌 백 등분하는지 배웁니다. 말해 보렴.
알비니누스의 아들아, 다섯 푼에서 한 푼 덜면
얼말까? 말할 수 있겠지? 3분의 1아스요. 훌륭하다.
재산을 지키겠구나. 원래에 한 푼을 더하면?
2분의 1아스죠. 녹청의 재산 욕심과 걱정에 마음이   330
물들면, 어찌 시문 창작을 바라겠습니까?
백향목 기름 먹여 삼나무 곽에 넣을 문장을.

Aut prodesse volunt aut delectare poetae

aut simul et iucunda et idonea dicere vitae.

quidquid praecipies, esto brevis, ut cito dicta   335

percipiant animi dociles teneantque fideles.

omne supervacuum pleno de pectore manat.

ficta voluptatis causa sint proxima veris:

ne quodcumque velit poscat sibi fabula credi,

neu pransae Lamiae vivum puerum extrahat alvo.   340

centuriae seniorum agitant expertia frugis,

celsi praetereunt austera poemata Ramnes.

omne tulit punctum, qui miscuit utile dulci,

lectorem delectando pariterque monendo.

hic meret aera liber Sosiis; hic et mare transit   345

et longum noto scriptori prorogat aevum.

Sunt delicta tamen quibus ignovisse velimus:

nam neque chorda sonum reddit quem vult manus et mens,

(poscentique gravem persaepe remittit acutum.)

nec semper feriet quodcumque minabitur arcus.   350

verum ubi plura nitent in carmine, non ego paucis

offendar maculis, quas aut incuria fudit

aut humana parum cavit natura. quid ergo est?

시인들은 이롭게 하거나 즐겁게 하거나
유쾌하며 인생 도움이 되는 걸 노래하려 합니다.
모든 가르침은 간명할지라. 그래야 말을   335
영혼이 얼른 알아듣고 단단히 잊지 않습니다.
가슴을 채운 나머진 넘쳐 없어집니다.
창작은 즐거움을 위해 만들되 진실에 가깝게.
모든 걸 믿으라 허구는 요구하지 않기를,
포식한 라미아가 아이를 산 채로 토하지 않기를.   340
노병 백인대들은 쓸모없어 무익한 시를 비난하고
거만한 람네스는 칙칙한 시를 외면합니다.
달콤하면서도 쓸모 있는 걸 잘 섞은 시인은
독자에게 즐거움과 교훈을 주어 만점을 받았습니다.
이런 책은 소시우스 형제에게 돈이 되고 물 건너   345
시인의 명성이 장수를 누리게 할 겁니다.

잘못이지만, 덮을 만한 잘못이 있습니다.
손과 마음이 가는 대로 현이 울지 않기 때문이고,
〔저음을 원하는데 늘상 고음을 내놓습니다.〕
활도 겨눈 것을 늘 맞추진 않기 때문입니다.   350
시 전반이 훌륭히 빛난다면 사소한 오점을
꼬집지 않습니다. 부주의가 퍼질러 놓았거나
인간 본성상 피할 수 없기 때문일 터. 어떨까요?

ut scriptor si peccat idem librarius usque,

quamvis est monitus, venia caret; ut citharoedus   355

ridetur chorda qui semper oberrat eadem:

sic mihi qui multum cessat, fit Choerilus ille,

quem bis terve bonum cum risu miror; et idem

indignor quandoque bonus dormitat Homerus;

verum operi longo fas est obrepere somnum.   360

Ut pictura poesis: erit quae, si propius stes,

te capiat magis, et quaedam, si longius abstes;

haec amat obscurum, volet haec sub luce videri,

iudicis argutum quae non formidat acumen;

haec placuit semel, haec decies repetita placebit.   365

O maior iuvenum, quamvis et voce paterna

fingeris ad rectum et per te sapis, hoc tibi dictum

tolle memor, certis medium et tolerabile rebus

recte concedi. consultus iuris et actor

causarum mediocris abest virtute diserti   370

Messallae nec scit quantum Cascellius Aulus,

sed tamen in pretio est: mediocribus esse poetis

non homines, non di, non concessere columnae.

예를 들어 필사자가 같은 실수를 반복한다면,
타일러도 그렇다면 용서가 없습니다. 키타라 주자가   355
같은 현을 계속 헛짚는다면 질타할 겁니다.
거듭 실수하는 자는 또 다른 코에릴루스이니,
두세 번 성공할 때 웃어 경탄합니다. 한편 마찬가지로
훌륭한 호메로스가 졸 때면 화를 냅니다.
하나 엄청난 작업에 기어든 졸음은 당연한 일.   360

시는 그림처럼. 가까이 다가설 때 오히려
그댈 사로잡는 게 있고 어떤 건 멀리 떨어질 때.
어둠을 좋아하는 게 있고, 대낮을 찾는 것도 있어
비평가의 날카로운 안목이 두렵지 않습니다.
한번 솔깃한 게, 열 번 봐야 흡족한 게 있습니다.   365

피소의 장남아, 부친 말씀따라 올바르게 자랐고
스스로 깨우쳐 지혜로운 젊은이로되, 내 말을
명심하라. 어떤 분야는 평범, 즉 참아줄 만하다면
용납되리. 법률 자문가나 사건 변호사가
간신히 수졸을 면한 신세라도, 탁월한 능력의   370
메살라, 아울루스만큼은 카스켈리우스 몰라도,
밥벌이는 합니다. 하나 평범한 시인들은
인간들도, 신들도, 책방주도 용서치 않으리라.

ut gratas inter mensas symphonia discors
et crassum unguentum et Sardo cum melle papaver 375
offendunt, poterat duci quia cena sine istis,
sic animis natum inventumque poema iuvandis,
si paulum summo decessit, vergit ad imum.
ludere qui nescit, campestribus abstinet armis
indoctusque pilae discive trochive quiescit, 380
ne spissae risum tollant impune coronae:
qui nescit versus, tamen audet fingere. quidni?
liber et ingenuus, praesertim census equestrem
summam nummorum vitioque remotus ab omni.
tu nihil invita dices faciesve Minerva; 385
id tibi iudicium est, ea mens. si quid tamen olim
scripseris, in Maeci descendat iudicis auris
et patris et nostras nonumque prematur in annum
membranis intus positis. delere licebit,
quod non edideris; nescit vox missa reverti. 390

Silvestris homines sacer interpresque deorum
caedibus et victu foedo deterruit Orpheus,
dictus ob hoc lenire tigris rabidosque leones;
dictus et Amphion, Thebanae conditor urbis,

달가운 향연을 불협화음의 합주가,
탁한 향유, 사르디니아 꿀에 절인 양귀비가   375
망치면 만찬에서 뺄 수도 있는 것처럼,
천생 영혼을 이롭게 기쁘게 하려고 지어진 시는
정상에 조금 못 미치면 그대로 바닥입니다.
무기에 무지한 이들은 마르스 광장을 멀리하고
공, 원반, 쇠고리를 몰라 멀찍이 침묵하니,   380
빼곡한 관객들의 조롱이 두려운 겁니다.
문외한이 시를 감행합니다. 왜 안 되겠습니까?
자유민에 명문이며 특히 기사 신분의 재산에
몸가짐도 비루한 꼴이 없다면 말입니다.
그댄 미네르바를 거슬러 말하고 행하지 말라.   385
그댄 그런 판단력과 분별력이 있습니다. 하나
뭔가 썼다면 비평가 마이키우스에게 들려주며
그대 부친과 내 귀에 들려주고 구 년 동안
양피지 깊이 숨겨 두시라. 없앨 수도 있으니
출판치 않으면. 뱉은 말은 돌이킬 수 없습니다.   390

숲속의 인생들을 신들의 사제이고 전달자인
오르페우스가 살육과 야만에서 구제하고
사나운 범들과 사자들도 길들였다 합니다.
전하는 바, 암피온은 테베를 건설하면서

saxa movere sono testudinis et prece blanda   395
ducere quo vellet. fuit haec sapientia quondam,
publica privatis secernere, sacra profanis,
concubitu prohibere vago, dare iura maritis,
oppida moliri, leges incidere ligno.
sic honor et nomen divinis vatibus atque   400
carminibus venit. post hos insignis Homerus
Tyrtaeusque mares animos in Martia bella
versibus exacuit; dictae per carmina sortes
et vitae monstrata via est et gratia regum
Pieriis temptata modis ludusque repertus   405
et longorum operum finis: ne forte pudori
sit tibi Musa lyrae sollers et cantor Apollo.

Natura fieret laudabile carmen an arte,
quaesitum est. ego nec studium sine divite vena
nec rude quid prosit video ingenium; alterius sic   410
altera poscit opem res et coniurat amice.
qui studet optatam cursu contingere metam,
multa tulit fecitque puer, sudavit et alsit,
abstinuit Venere et vino; qui Pythia certat
tibicen, didicit prius extimuitque magistrum.   415

뤼라 매혹의 소리로 바위를 원하는 데로   395
옮겼다 합니다. 옛날 그들에게 지혜가 있어
사유재산과 공유재산을, 성과 속을 구분했고
난잡한 관계를 금했고, 부부의 예를 세웠고
도시를 건설했고 목판에 법을 새겼습니다.
하여 명예 명성이 신과 같은 시인들과   400
그들의 시에 생겨났고, 이후 빛나는 호메로스와
튀르타이오스는 전쟁 신을 위해 남자의 용기를
노래로 독려했습니다. 시로 신탁을 전달했으며,
살아가는 길을 제시했고, 왕들의 호의를
피에리아 선율로 구했으며, 연극을 고안하여   405
오랜 시름을 끝냈습니다. 그러니 뤼라에 능한
무사와 가수 아폴로를 부끄럽다 말라!

칭송받을 시를 재능이 만드는지 연마한 기술인지
묻습니다. 나는 벅찬 혈맥 없이 공부만으로,
서툰 재능만으로 되리라 보지 않습니다. 서로는   410
서로의 기여를 요구하며 기꺼이 동맹을 맺습니다.
열심히 달려 반환점에 이르려는 사람은
어려서 더위 추위 속에 많이 견디고 단련하며
여자와 술을 멀리합니다. 퓌티아에서 다투는
취주자는 일찍이 배우며 선생 앞에서 떨었습니다.   415

an satis est dixisse 'ego mira poemata pango.
occupet extremum scabies; mihi turpe relinqui est
et quod non didici sane nescire fateri?'

Ut praeco, ad merces turbam qui cogit emendas,
assentatores iubet ad lucrum ire poeta   420
dives agris, dives positis in faenore nummis.
si vero est unctum qui recte ponere possit
et spondere levi pro paupere et eripere artis
litibus implicitum, mirabor si sciet inter-
noscere mendacem verumque beatus amicum.   425
tu seu donaris seu quid donare voles cui,
nolito ad versus tibi factos ducere plenum
laetitiae: clamabit enim 'pulchre, bene, recte'
pallescet, super his etiam stillabit amicis
ex oculis rorem, saliet, tundet pede terram.   430
ut qui conducti plorant in funere dicunt
et faciunt prope plura dolentibus ex animo, sic
derisor vero plus laudatore movetur.
reges dicuntur multis urgere culillis
et torquere mero, quem perspexisse laborent   435
an sit amicitia dignus; si carmina condes,

이런 말이 소용 있나요? "놀라운 시를 지었건만
꼴찌는 벼룩이나 옮아라. 창피스러운 건 꼴찌라는 것과
배운 적 없어 몰랐다 고백하게 되었다는 것."

물건을 사라 대중에게 외치는 경매꾼처럼,
아첨하는 이들을 식사에 청하던 시인은   420
땅 많은 갑부며 돈놀이 하는 부잔가 봅니다.
기름진 식탁을 근사하게 차려 대접하고
가난뱅이를 적선하고, 어려운 소송 사건에
휘말린 자들을 빼내주면서, 아부에 취해
거짓 친구와 참된 친구를 나눌 수 있을런지.   425
선물을 주었거나 선물을 주고자 하는 사람을,
기대에 부푼 사람을 그대 시로 데려가지 마시라.
그때 "굉장한데, 좋은데, 제대로 쓴 시인걸." 외치며
창백한 표정으로, 우정 어린 눈으로 감격의
눈물마저 흘리며 춤추고 발로 땅을 구릅니다.   430
장례식에 곡을 청탁받은 이들의 말과 행동이
영혼으로 슬퍼하는 이보다 슬퍼 보이는 것처럼,
실은 비웃는 자가 누구보다 감격하는 법입니다.
전하길 왕들이 수없이 많은 술잔을 강권하고
독주로 고문하여 사람의 진면목을 캐고자 애쓴 건   435
우정을 쌓을 수 있는 자인지 아닌지. 시를 지었거든

numquam te fallent animi sub vulpe latentes.

Quintilio si quid recitares, 'corrige, sodes,

hoc' aiebat 'et hoc.' melius te posse negares,

bis terque expertum frustra delere iubebat   440

et male tornatos incudi reddere versus.

si defendere delictum quam vertere malles,

nullum ultra verbum aut operam insumebat inanem,

quin sine rivali teque et tua solus amares.

vir bonus et prudens versus reprehendet inertis,   445

culpabit duros, incomptis adlinet atrum

traverso calamo signum, ambitiosa recidet

ornamenta, parum claris lucem dare coget,

arguet ambigue dictum, mutanda notabit.

fiet Aristarchus; nec dicet 'cur ego amicum   450

offendam in nugis?' hae nugae seria ducent

in mala derisum semel exceptumque sinistre.

Ut mala quem scabies aut morbus regius urget

aut fanaticus error et iracunda Diana,

vesanum tetigisse timent fugiuntque poetam   455

qui sapiunt, agitant pueri incautique sequuntur.

여우 탈을 쓴 영혼들에 결코 속지 마시라!

퀸틸리우스에게 들려주니, "부디 이건 고치게!"
"참 이것도."라고 하고, 더는 잘할 수 없노라 하면,
두 번 세 번 잘못하는 그대에게 시를 없애라,   440
잘못 다듬은 시구를 모루에 올려라, 명합니다.
잘못을 고치려 하지 않고 감싼다면
그는 말을 보태는 헛수고를 더는 하지 않고
다툴 이 없이 혼자 제 작품에 빠지게 둡니다.
훌륭하고 현명한 사람은 한가한 시구를 비난하며   445
거친 시구를 꾸짖고, 중언부언에 줄을 그어
바꿔 쥔 철필로 지우며, 지나치게 야심을 부린
장식을 자르라, 불분명한 문장에 빛을 주라,
모호한 언급을 따지고, 바꿔야 할 걸 표시합니다.
그는 아리스타르코스. "어찌 사소한 걸로 친구를   450
비방할까?" 하지 않습니다. 이런 사소함은 장차
일단 속아 어설프게 내놓으면 심각한 과오입니다.

심한 습진이나 황달이 사람을 몰아세울 때,
산천을 헤매는 병과 달빛 광증이 그럴 때처럼
현닝한 이들은 광기의 시인을 피하는 법이니,   455
조심성 없는 아이들이나 집적대며 따릅니다.

hic, dum sublimis versus ructatur et errat,

si veluti merulis intentus decidit auceps

in puteum foveamve, licet 'succurrite' longum

clamet, 'io cives!', non sit qui tollere curet.   460

si curet quis opem ferre et demittere funem,

'qui scis, an prudens huc se proiecerit atque

servari nolit?' dicam, Siculique poetae

narrabo interitum. 'deus inmortalis haberi

dum cupit Empedocles, ardentem frigidus Aetnam   465

insiluit. sit ius liceatque perire poetis:

invitum qui servat, idem facit occidenti,

nec semel hoc fecit nec, si retractus erit, iam

fiet homo et ponet famosae mortis amorem.

nec satis apparet, cur versus factitet, utrum   470

minxerit in patrios cineres an triste bidental

moverit incestus: certe furit ac velut ursus,

obiectos caveae valuit si frangere clathros,

indoctum doctumque fugat recitator acerbus.

quem vero arripuit, tenet occiditque legendo,   475

non missura cutem nisi plena cruoris hirudo.'

이런 시인이 자랑스런 시구를 토해내며 헤매다,
지빠귀 잡는데 정신 팔려 실족한 사냥꾼처럼
개천이나 도랑에 빠져 "구해 주세요." 한참
"시민 여러분" 외쳐도 구할 사람이 없으리다.   460
누군가 도우려고 줄을 내려보내려 할 때
"어찌 압니까? 제정신으로 몸을 내던졌고,
구조를 원치 않을지?" 말하고, 시킬리아 시인의
죽음을 들려줄 겁니다. "불멸의 신이길 원한
엠페도클레스는 불타는 아이트나에 식은 몸을   465
던졌습니다. 권리라, 시인들에게 분멸을 허하라.
원하지 않는 자를 구출함은 곧 살해와 같아
이게 처음도 아니며 구조해 줘도 이미
사람 되긴 글렀고 떠들썩하게 죽잔 마음일 터.
더욱 불분명한 건 그가 왜 시를 써대냐인데,   470
조상 유골에 오줌을 누었거나, 벼락 맞은 성소를
더럽혔기 때문일까요? 분명한 건 미친 곰 같다는 것.
울타리에 걸린 창살을 부수고 나온 곰처럼
가혹한 시인은 유식과 무식을 가리지 않고 공격.
사람을 우격다짐 붙잡고 낭송으로 죽이니,   475
거머리는 피로 찰 때까지 살가죽을 놓지 않는 법."

서간시,
문학에 대하여

epistulae II 1

Cum tot sustineas et tanta negotia solus,

res Italas armis tuteris, moribus ornes,

legibus emendes, in publica commoda peccem,

si longo sermone morer tua tempora, Caesar.

Romulus et Liber pater et cum Castore Pollux,   5

post ingentia facta deorum in templa recepti,

dum terras hominumque colunt genus, aspera bella

componunt, agros assignant, oppida condunt,

ploravere suis non respondere favorem

speratum meritis. diram qui contudit Hydram   10

notaque fatali portenta labore subegit,

comperit invidiam supremo fine domari.

urit enim fulgore suo qui praegravat artis

infra se positas: exstinctus amabitur idem.

praesenti tibi maturos largimur honores   15

iurandasque tuum per numen ponimus aras,

nil oriturum alias, nil ortum tale fatentes.

sed tuus hoc populus sapiens et iustus in uno,

te nostris ducibus, te Grais anteferendo

cetera nequaquam simili ratione modoque   20

aestimat et, nisi quae terris semota suisque

II 1 아우구스투스에게 보내는 편지

당신이 홀로 떠맡아 많은 일을 수행하시니,
이탈리아를 군대로 지키며 윤리로 무장시키며
법률로 바루시니, 긴 편지로 당신 시간을 빼앗아
공익에 해를 끼칠까 걱정입니다, 카이사르여!

로물루스와 리베르, 카스토르와 폴룩스,   5
이들은 위업을 성취하여 신의 반열에 들었으니,
터전과 인간종족을 일구고 길러냈고 험한 전쟁을
끝냈으며 농토를 나누고 도시를 세웠으나,
이들의 한탄은 공헌에 합당한 대우를 생전
받지 못한 점. 끔찍한 휘드라를 물리치고   10
유명한 괴물들을 목숨 걸고 해치웠던 영웅도
죽음 후에야 질시를 벗어날 수 있었습니다.
세상 재주를 압도하며 자기 불꽃으로
불타던 사람은 꺼지고 나서야 사랑받습니다.
하나 당신 생전 우리는 합당한 명예를 바칩니다.   15
당신 뜻에 따라 신전을 바칩니다. 맹세하노니
다른 어디에도 이만한 건 없었고 없을 겁니다.
당신 백성이 하나 현명하고 정의롭기로 말하자면,
당신을 우리네와 희랍 영웅들보다 높인 일뿐.
다른 것들은 결코 이와 똑같이 평가치 않으니   20
제 땅에서 멀리 떨어져 있고 제 시대에 없어져

temporibus defuncta videt, fastidit et odit,
sic fautor veterum ut tabulas peccare vetantis
quas bis quinque viri sanxerunt, foedera regum
vel Gabiis vel cum rigidis aequata Sabinis, 25
pontificum libros, annosa volumina vatum
dictitet Albano Musas in monte locutas.

Si, quia Graiorum sunt antiquissima quaeque
scripta vel optima, Romani pensantur eadem
scriptores trutina, non est quod multa loquamur : 30
nil intra est olea, nil extra est in nuce duri.
(venimus ad summum fortunae: pingimus atque
psallimus et luctamur Achivis doctius unctis?)

Si meliora dies, ut vina, poemata reddit,
scire velim chartis pretium quotus adroget annus. 35
scriptor abhinc annos centum qui decidit, inter
perfectos veteresque referri debet an inter
vilis atque novos? excludat iurgia finis.
'est vetus atque probus, centum qui perficit annos.'

Quid qui deperiit minor uno mense vel anno? 40

버린 것이 아니면 염증 내며 싫어합니다.
로마 백성들은 옛것의 숭배자로
십인회가 봉헌한, 범죄를 금한 십이표법,
왕들이 가비이나 험한 사비눔과 맺은 맹약,   25
대신관 서책, 예언자들의 낡은 두루마리 등을
알바롱가 무사 여신들의 가르침이라 떠듭니다.

무슨 희랍 서책이든 오래된 게 탁월하다고,
로마 시인들을 같은 저울로 저울질한다면
길게 언급할 이유가 없습니다.   30
올리브는 안이, 호두는 밖이 무르다는 소리.
〔세계를 지배하니 우리가 아카이아보다
그림, 음악, 씨름에서 더 똑똑하단 건가?〕

세월이 포도주처럼 시를 좋게 만든다면
글에 얼마의 세월이 좋은 가치를 가져옵니까?   35
죽은 지 이제 백 년 된 시인은 어찌 나눕니까?
완벽한 옛것입니까? 어설픈 새것입니까?
정확히 몇 년으로 정하면 논쟁이 끝나리다.
"백 년이 넘은 것은 탁월한 옛것입니다."

그럼 백 년에서 일 년 아니 한 달이 모자란다면   40

inter quos referendus erit? veteresne probosque
an quos et praesens et postera respuat aetas?
'iste quidem veteres inter ponetur honeste,
qui vel mense brevi vel toto est iunior anno.'
utor permisso caudaeque pilos ut equinae   45
paulatim vello et demo unum, demo etiam unum,
dum cadat elusus ratione ruentis acervi
qui redit ad fastos et virtutem aestimat annis
miraturque nihil nisi quod Libitina sacravit.

Ennius, et sapiens et fortis et alter Homerus,   50
ut critici dicunt, leviter curare videtur
quo promissa cadant et somnia Pythagorea.
Naevius in manibus non est et mentibus haeret
paene recens? adeo sanctum est vetus omne poema.
ambigitur quotiens, uter utro sit prior, aufert   55
Pacuvius docti famam senis, Accius alti,
dicitur Afrani toga convenisse Menandro,
Plautus ad exemplar Siculi properare Epicharmi,
vincere Caecilius gravitate, Terentius arte.
hos ediscit et hos arto stipata theatro   60
spectat Roma potens; habet hos numeratque poetas

어찌 됩니까? 탁월한 옛것입니까?

지금 혹 장차도 무사할 것입니까?

"작은 한 달 혹은 가득 일 년 모자라는 것은

마땅히 훌륭한 옛것으로 보아야겠지요."

양보하시니 말하자면, 말총에서 한 가닥씩   45

뽑아내듯 한 해 두 해 덜어내면 낱알 하나씩

덜어낸 밀 포대처럼, 모두를 달력에 돌리고

탁월함을 세월로 재고 죽음의 여신에게 바쳐진

것만을 숭상하는 사람은 무너질 겁니다.

현명하고 용감한 제2의 호메로스 엔니우스는   50

피타고라스의 약속과 꿈이 어디에 이를지,

비평가들을 따르면 걱정하지 않은 듯합니다.

나이비우스는 아직도 사람들의 손과 마음에

갓 핀 듯 남지 않았습니까? 옛 시는 모두 신성한지고.

둘 중에 누가 더 훌륭한가, 논쟁이 붙을 때마다   55

파쿠비우스는 학식을, 아키우스는 웅장을 가져가고,

아프라니우스의 토가는 메난드로스에게 어울린다,

플라우투스는 시킬리아의 에피카르무스에 필적한다,

카이킬리우스의 무게, 테렌티우스의 기교가 좋다.

이들을 외울 정도로 세계의 시배자 로마는 가득   60

극장을 채웁니다. 이들을 리비우스 시절부터

ad nostrum tempus Livi scriptoris ab aevo.

Interdum vulgus rectum videt, est ubi peccat.
si veteres ita miratur laudatque poetas,
ut nihil anteferat, nihil illis comparet, errat: 65
si quaedam nimis antique, si pleraque dure
dicere credit eos, ignave multa fatetur,
et sapit et mecum facit et Iove iudicat aequo.

Non equidem insector delendave carmina Livi
esse reor, memini quae plagosum mihi parvo   70
Orbilium dictare; sed emendata videri
pulchraque et exactis minimum distantia miror,
inter quae verbum emicuit si forte decorum,
si versus paulo concinnior unus et alter,
iniuste totum ducit venditque poema.   75
indignor quidquam reprehendi, non quia crasse
compositum illepideve putetur, sed quia nuper,
nec veniam antiquis, sed honorem et praemia posci.
recte necne crocum floresque perambulet Attae
fabula si dubitem, clament periisse pudorem   80
cuncti paene patres, ea cum reprendere coner

오늘날까지 시인이라 칭하고 모십니다.

때로 대중이 옳다지만, 아닐 때도 있습니다.
만약 옛 시인이라고 무턱대고 칭송하고 누구도
따를 수, 견줄 수 없다 한다면 잘못입니다.　　　　　65
일부 너무 낡았고, 대개 거칠게 노래하고
너저분하게 늘어놓는다고 판단하는 사람은
현자이니, 나의 동의, 유피테르의 재청.

리비우스의 시를 따르지 않지만 없애야 한다고도
생각지 않으니, 회초리 오르빌리우스 밑에서　　　　　70
어릴 적 외웠지요. 그의 시가 다듬어져
곱고 완벽에 가깝다는 생각에 경악할 뿐입니다.
시가에서 간혹 몇 단어가 참으로 곱다 하여
시가에서 한두 구절이 잘 짜여 있다 하여
전체가 시장에 내다 팔 정도는 아닙니다.　　　　　75
무엇이 거칠고 무성의하게 지어져서가 아니라
갓 만들어졌기에 비난을 받는 데, 옛 시가가
용서가 아닌 명예를 요구하는 데 분노합니다.
아타의 극이 붓꽃 꽃밭을 옳게 걸었는지 의문이다
말할라치면 벌써 노인들 거의 모두가 부끄러운 줄　　　　　80
모르느냐 소리치며, 진지한 아이소푸스, 해박한

quae gravis Aesopus, quae doctus Roscius egit:
vel quia nil rectum nisi quod placuit sibi ducunt,
vel quia turpe putant parere minoribus et quae
imberbes didicere, senes perdenda fateri.   85
iam Saliare Numae carmen qui laudat et illud
quod mecum ignorat solus vult scire videri,
ingeniis non ille favet plauditque sepultis,
nostra sed inpugnat, nos nostraque lividus odit.

Quod si tam Graecis novitas invisa fuisset   90
quam nobis, quid nunc esset vetus? aut quid haberet
quod legeret tereretque viritim publicus usus?

Ut primum positis nugari Graecia bellis
coepit et in vitium Fortuna labier aequa,
nunc athletarum studiis, nunc arsit equorum,   95
marmoris aut eboris fabros aut aeris amavit,
suspendit picta vultum mentemque tabella,
nunc tibicinibus, nunc est gavisa tragoedis;
sub nutrice puella velut si luderet infans,
quod cupide petiit, mature plena reliquit.   100
〔quid placet aut odio est, quod non mutabile credas?〕

로스키우스를 비난하려 든다고 호통칠 겁니다.
이는 노인들이 오직 제 좋은 것을 옳다 여기기 때문,
신출내기에 감동받았다 말하기 부끄러운 탓,
젊어 배운 걸 늙어 형편없다 말하기 옹색한 탓.   85
누마의 전쟁신 찬가를 칭송하며, 나처럼 자신도
모르면서, 혼자 옛 시가를 아는 양 하는 사람은
재능은 못 보고 무덤에 박수를 보내는 것으로
내 시를 혹평하며 나와 내 시를 질색합니다.

새것에 희랍인들이 우리만큼 질색했다면   90
오늘날 무슨 고전이 남았겠으며, 오늘날
백성마다 손때 묻히며 무얼 읽겠습니까?

희랍은 전쟁 후에 한가히 여가에 몰두하며
호의적 운명에 기대어 쓸모없는 일을 시작하여
한번은 체육경기에, 한번은 말타기에 열광하고   95
대리석 아니 상아 아니 청동의 장인에 열중하고
그려놓은 그림에 넋이 나가 쳐다보는가 하면
피리주자 아니 비극공연을 보며 즐겼습니다.
그것은 갓난 계집아이가 유모 품에 안겨 먹겠다고
욕심껏 찾다가도 이내 곧 싫증 내는 꼴입니다.   100
〔변함없이 사랑받거나 미움받는 건 뭔가요?〕

hoc paces habuere bonae ventique secundi.

Romae dulce diu fuit et sollemne reclusa

mane domo vigilare, clienti promere iura,

cautos nominibus rectis expendere nummos,   105

maiores audire, minori dicere, per quae

crescere res posset, minui damnosa libido.

mutavit mentem populus levis et calet uno

scribendi studio; pueri patresque severi

fronde comas vincti cenant et carmina dictant.   110

ipse ego, qui nullos me affirmo scribere versus,

invenior Parthis mendacior et prius orto

sole vigil calamum et chartas et scrinia posco.

navem agere ignarus navis timet; habrotonum aegro

non audet nisi qui didicit dare; quod medicorum est   115

promittunt medici; tractant fabrilia fabri:

scribimus indocti doctique poemata passim.

Hic error tamen et levis haec insania quantas

virtutes habeat, sic collige: vatis avarus

non temere est animus: versus amat, hoc studet unum;   120

detrimenta, fugas servorum, incendia ridet;

non fraudem socio puerove incogitat ullam

이는 평화와 잔잔한 순풍으로 가능했습니다.
로마는 오래 지켜온 경건한 전통이 있습니다.
일찍 깨어 대문을 열고, 피호민에게 법을 설명하고
바른 사람에게 조심스럽게 돈을 빌려주고   105
웃어른을 따르고, 아랫사람을 타일러
재산은 늘리고 못된 욕망은 줄이도록 하였습니다.
백성의 심성이 갑자기 변해 작시술 하나에
열광하여 젊은것이나 늙은것이나 기어이
화관을 쓰고 저녁 먹으며 시를 불러줍니다.   110
다시 시는 한 줄도 쓰지 않겠다던 나 자신
파르티아인들보다 거짓말에 능한 사람이 되어
첫 새벽부터 필촉과 종이와 문고를 찾습니다.
배에 서툰 선장은 항해가 두렵고, 약쑥을
의사만이 앓는 병자에게 처방할 수 있는 법.   115
의술은 의사에게, 건축은 목수에게 속한 일.
로마는 배워도 못 배워도 쓰겠다 덤빕니다.

하나 무모하면서도 가상한 이런 광기가 얼마나
유익한지 들으시오. 시인의 영혼은 터무니없는
욕심이 없고 시를 사랑하고 시 하나에 열중합니다.   120
손해, 노예 도망, 화재가 나도 웃습니다.
주변 사람에게 혹 어리다고 속임수를

pupillo; vivit siliquis et pane secundo;
militiae quamquam piger et malus, utilis urbi,
si das hoc, parvis quoque rebus magna iuvari.   125
os tenerum pueri balbumque poeta figurat,
torquet ab obscenis iam nunc sermonibus aurem,
mox etiam pectus praeceptis format amicis,
asperitatis et invidiae corrector et irae,
recte facta refert, orientia tempora notis   130
instruit exemplis, inopem solatur et aegrum.
castis cum pueris ignara puella mariti
disceret unde preces, vatem ni Musa dedisset?
poscit opem chorus et praesentia numina sentit,
caelestis implorat aquas docta prece blandus,   135
avertit morbos, metuenda pericula pellit,
impetrat et pacem et locupletem frugibus annum:
carmine di superi placantur, carmine Manes.

Agricolae prisci, fortes parvoque beati,
condita post frumenta levantes tempore festo   140
corpus et ipsum animum spe finis dura ferentem,
cum sociis operum pueris et coniuge fida,
Tellurem porco, Silvanum lacte piabant,

꾸미지 않고 콩죽과 마른 빵으로 살아갑니다.
시인은 군 복무에 서툴지만 나라에 유익하며
말하자면, 작은 일로 큰 보람을 가져옵니다.   125
시인은 아이의 떠듬대는 여린 입을 모양 잡으며
천하고 흉측한 말들로부터 귀를 돌려놓으며
사랑스러운 말들로 성정을 바로잡아주니, 시인은
사나움과 질투심과 분노의 치료사입니다.
선행을 전하여, 자라나는 어린 세대에게 좋은   130
모범을 들려주며 슬프고 아플 때 위로를 건넵니다.
무사 여신이 시인을 주지 않았다면 결혼에 무지한
소년소녀가 어디서 사랑의 찬가를 배웠겠습니까?
합창대는 도움을 간구하고 신의 현현에 감사하고
배워 익힌 찬가로써 하늘의 비를 소망하며   135
질병을 몰아내고 두려운 위험을 쫓으며
한 해의 평화를 빌며 풍년을 기원합니다.
시로 천상의 신들을, 시로 망자를 달랩니다.

옛 농부들은 무던하여 가난해도 행복했습니다.
추수가 끝나면 축제로, 끝나리라는 희망에   140
고된 일을 견뎌온 몸과 마음을 위로했습니다.
수고를 함께한 자식들과 한결같은 부인과 더불어
대지의 여신에게 돼지를, 숲의 신에게 우유를

floribus et vino Genium memorem brevis aevi.

Fescennina per hunc invecta licentia morem   145
versibus alternis opprobria rustica fudit,
libertasque recurrentis accepta per annos
lusit amabiliter, donec iam saevus apertam
in rabiem coepit verti iocus et per honestas
ire domos impune minax. doluere cruento   150
dente lacessiti; fuit intactis quoque cura
condicione super communi; quin etiam lex
poenaque lata, malo quae nollet carmine quemquam
describi: vertere modum, formidine fustis
ad bene dicendum delectandumque redacti.   155

Graecia capta ferum victorem cepit et artis
intulit agresti Latio. sic horridus ille
defluxit numerus Saturnius et grave virus
munditiae pepulere; sed in longum tamen aevum
manserunt hodieque manent vestigia ruris.   160
serus enim Graecis admovit acumina chartis
et post Punica bella quietus quaerere coepit
quid Sophocles et Thespis et Aeschylus utile ferrent.
temptavit quoque rem, si digne vertere posset,

바쳐 꽃과 술로 덧없는 인생을 기렸습니다.
이런 관습에서 페스켄니아의 비방시가 생겨나   145
주고받는 대구로 저속한 욕설을 지껄였습니다.
이런 자유 언사를 해마다 거듭 용인하며 즐겁게
한바탕 놀았습니다. 그러다 험악한 욕설이 되고
분별없는 분노로 변질하여 점잖은 집안들을
위협하기에 이르렀고 피 묻은 이빨에   150
뜯겨 고통받았습니다. 아직 물리지 않은 집안들도
같은 일이 생길까 걱정했습니다. 심지어 법률에
처벌조항이 생겨났으니, 비방요로 누구도
상처받지 않도록. 몽둥이가 두려워
좋은 말과 유쾌한 언사로 돌아섭니다.   155

정복당한 희랍이 거친 승자를 정복하여 들판의
라티움에 예술을 가져오니. 사투르니우스 운율,
그 소름 끼치는 장단은 쓸려 갔고 우아함이
병든 땟물을 씻어냅니다. 물론 오랜 시간 이어진
촌놈의 흔적이 여전히 오늘도 남아 있긴 합니다.   160
로마는 늦게서야 희랍 서적에 흥미를 가지고
카르타고 전쟁 이후 평화롭게 묻기 시작했습니다.
소포클레스, 테스피스, 아이스퀼로스가 쓸모 있을까?
제대로 번안할 수 있을지 시도도 했고

et placuit sibi, natura sublimis et acer; 165
nam spirat tragicum satis et feliciter audet,
sed turpem putat inscite metuitque lituram.

Creditur, ex medio quia res arcessit, habere
sudoris minimum sed habet comoedia tanto
plus oneris, quanto veniae minus. adspice Plautus 170
quo pacto partis tutetur amantis ephebi,
ut patris attenti, lenonis ut insidiosi,
quantus sit Dossennus edacibus in parasitis,
quam non astricto percurrat pulpita socco.
gestit enim nummum in loculos demittere, post hoc 175
securus, cadat an recto stet fabula talo.

Quem tulit ad scaenam ventoso Gloria curru,
exanimat lentus spectator, sedulus inflat:
sic leve, sic parvum est, animum quod laudis avarum
subruit aut reficit. (valeat res ludicra, si me 180
palma negata macrum, donata reducit opimum!)
saepe etiam audacem fugat hoc terretque poetam,
quod numero plures, virtute et honore minores,
indocti stolidique et depugnare parati

숭고하고 격한 본성에 흡족했습니다.   165
무모하게 취하여 비극적 흥취를 들이켰으나
어리석게 퇴고를 흉하게 여겨 주저했습니다.

일상사에서 만드니 수고를 덜한다 믿겠지만
희극이야말로 사람들 마음에 들기 위해
더 많은 노력이 필요합니다. 보라, 플라우투스를.   170
사랑에 빠진 청년을 어찌 묘사하는지,
인색한 아비는, 음흉한 포주는 어떠한지,
도센누스가 더부살이 주제에 얼마나 처먹는지,
얼마나 엉성하게 나막신을 신고 무대를 설치하는지.
플라우투스는 제 주머니에 돈만 챙기면 그만이라   175
극이 넘어지든 바로 서 있든 개의치 않았습니다.

바람처럼 오가는 인기를 좇는 극작가는
냉담한 관객에 낙담하고 열광에 흥분합니다.
칭찬에 목마른 영혼을 넘어뜨리고 일떠세우는
관객들이란 얼마나 가소롭던지. (연극이여, 안녕!   180
갈채에 나는 풍성했고, 비난에 가난했더라!)
관객의 등쌀에 대담한 시인조차 도망합니다.
ㄱ들은 머릿수만 앞세운 천민, 덕과 명예에 열등한 자,
못 배우고 천박한 자, 생각을 달리하는 기사계급을

si discordet eques, media inter carmina poscunt   185
aut ursum aut pugiles: his nam plebecula gaudet.
verum equitis quoque iam migravit ab aure voluptas
omnis ad incertos oculos et gaudia vana.
quattuor aut pluris aulaea premuntur in horas
dum fugiunt equitum turmae peditumque catervae;   190
mox trahitur manibus regum fortuna retortis,
esseda festinant, pilenta, petorrita, naves,
captivum portatur ebur, captiva Corinthus.
si foret in terris, rideret Democritus, seu
diversum confusa genus panthera camelo   195
sive elephans albus vulgi converteret ora;
spectaret populum ludis attentius ipsis,
ut sibi praebentem nimio spectacula plura;
scriptores autem narrare putaret asello
fabellam surdo. nam quae pervincere voces   200
evaluere sonum, referunt quem nostra theatra?
Garganum mugire putes nemus aut mare Tuscum:
tanto cum strepitu ludi spectantur et artes
divitiaeque peregrinae, quibus oblitus actor
cum stetit in scaena, concurrit dextera laevae.   205
'dixit adhuc aliquid?' 'nil sane.' 'quid placet ergo?'

때려눕힐 준비가 된 자, 극의 한가운데 갑자기   185
곰 혹은 주먹질을 요구하며 즐기는 자들.
이제 기사들마저 귀에 울리는 즐거움 대신
오직 눈에 비친 헛된 눈요기를 즐깁니다.
하여 네 시간 혹 그 이상 막이 열려 있는 동안
기병 한 줌, 보병 한 무더기가 줄행랑칩니다.   190
곧 손이 뒤로 묶인 불운한 왕들이 끌려 나오고
전차, 가마, 짐수레, 전함이 분주히 줄을 잇고
포획한 상아, 포획한 코린토스가 실려 나옵니다.
데모크리토스도 살아 있다면 조롱했을 터,
낙타에 표범을 얹은 요상한 짐승이 등장하고   195
흰색 코끼리가 이목을 끄는 것을 보았다면.
볼거리보다 청중을 재미있게 쳐다보았을 터,
그에게 청중이 더 큰 구경을 제공하는 양 말입니다.
한데 시인들은 귀먹은 당나귀에게 말한다 할 수도
있겠습니다. 우리네 객석의 소음을 어느 배우의   200
목소리가 이겨 노랫가락을 전할 수 있겠습니까?
가르가누스 산과 튀레눔 바다처럼 으르렁거리는
야단법석과 함께 청중들은 공연과 연극을 보며
배우들의 몸에 칭칭 감긴 이국의 풍물들이
부대에 등상하면 오른손을 왼손에 마주칩니다.   205
“뭐라 합니까?” “글쎄요.” “근데 무에 즐거우신지?”

'lana Tarentino violas imitata veneno.'

Ac ne forte putes me, quae facere ipse recusem,
cum recte tractent alii, laudare maligne,
ille per extentum funem mihi posse videtur   210
ire poeta, meum qui pectus inaniter angit,
irritat, mulcet, falsis terroribus implet,
et, magus ut, modo me Thebis, modo ponit Athenis.
verum age, et his qui se lectori credere malunt
quam spectatoris fastidia ferre superbi   215
curam redde brevem, si munus Apolline dignum
vis complere libris et vatibus addere calcar,
ut studio maiore petant Helicona virentem.
multa quidem nobis facimus mala saepe poetae
(ut vineta egomet caedam mea), cum tibi librum   220
sollicito damus aut fesso; cum laedimur, unum
si quis amicorum est ausus reprehendere versum;
cum loca iam recitata revolvimus irrevocati;
cum lamentamur non apparere labores
nostros et tenui deducta poemata filo;   225
cum speramus eo rem venturam ut, simul atque
carmina rescieris nos fingere, commodus ultro

"타렌툼 염료로 진홍을 흉내 낸 망토를 보라고."

나는 다루지 못하면서 다른 이가 성공했다고
이를 인색하게 칭찬한다 생각지 마시라!
저 시인은 내 보기에 매어놓은 외줄을 걷는 듯   210
나의 가슴을 괜스레 조마조마 두렵게 만들며
흔들다가 진정시키며 거짓 공포로 떨게 하며
마술사처럼 테베로, 아테네로 끌고 다닙니다.
그럼, 거드름 피우는 관객의 염증을 견뎌내기보다
독자에게 호소하겠다 결심한 시인들에 관해   215
좀 더 말하겠습니다. 당신이 서책으로
아폴로 신전을 채우고 시인들에게 박차를 가해
헬리콘 산 풀밭을 더욱 열심히 찾도록 하셨으니.
우리 시인들은 자신들에게 많은 해악을 가합니다.
(제 포도밭을 난도질하는 격이랄까) 국사에 지친   220
당신에게 책을 바친다거나, 친구들 가운데 한 명이
한 행이라도 비난할 때면 상처를 받는다거나,
누가 청하지도 않는데 방금 시를 다시 노래한다거나,
우리의 노고를, 섬세한 언어로 짜인 시구를
사람들이 알아주지 않는다고 한탄한다거나.   225
언젠가 이런 일도 있으리라, 우리가 시를 쓴단 길
알고 당신이 분에 넘치게 우리 가난을 없애고

arcessas et egere vetes et scribere cogas.
sed tamen est operae pretium cognoscere qualis
aedituos habeat belli spectata domique   230
virtus, indigno non committenda poetae.
gratus Alexandro, regi magno, fuit ille
Choerilus, incultis qui versibus et male natis
rettulit acceptos, regale nomisma, Philippos.
sed veluti tractata notam labemque remittunt   235
atramenta, fere scriptores carmine foedo
splendida facta linunt. Idem rex ille, poema
qui tam ridiculum tam care prodigus emit,
edicto vetuit, ne quis se praeter Apellen
pingeret aut alius Lysippo duceret aera   240
fortis Alexandri vultum simulantia. quod si
iudicium subtile videndis artibus illud
ad libros et ad haec Musarum dona vocares,
Boeotum in crasso iurares aere natum.

At neque dedecorant tua de se iudicia atque   245
munera, quae multa dantis cum laude tulerunt,
dilecti tibi Vergilius Variusque poetae,
nec magis expressi vultus per aenea signa

글을 쓰라 채근하실 날이 오리라 바란다거나.
알고 싶은 건, 전란과 태평 시절 당신의 탁월함을
어떤 시인에게 맡겨 찬양케 하실까입니다.   230
돌팔이 시인에게 이를 맡기지 않으시리라.
위대한 왕 알렉산드로스의 호의 덕분에 못난
코에릴루스는 엉터리 시구와 못난 시행으로도
필립포스 왕이 새겨진 금화를 얻어갔습니다.
먹을 만지면 얼룩이 남고 검은 물이 지워지지   235
않는 것처럼 시인들은 못난 시로 커단 업적을
먹칠할 수도 있습니다. 허술한 시에 저만치
엄청난 액수를 지불한 알렉산드로스는 법률로
화가 아펠레스 외에 누구도 그를 그리지
못하게, 조각가 뤼시푸스 외에 누구도   240
알렉산드로스의 용맹을 조각하지 못하게 했습니다.
미술 감상의 섬세한 감각을 만약
서책과 무사 여신들의 선물에 불러왔던들
그를 습기로 둔한 보이오티아 사람이라 했을 텐데.

당신의 판단과 당신의 선물, 당신에게   245
커다란 칭송을 되가져올 선물을 당신이 아끼는
시인 베르길리우스와 바리우스는 실망시키지 않으니,
위대한 인물의 품행과 생각은 시인이 드러내며

quam per vatis opus mores animique virorum

clarorum apparent. nec sermones ego mallem 250

repentis per humum quam res componere gestas

terrarumque situs et flumina dicere et arces

montibus impositas et barbara regna tuisque

auspiciis totum confecta duella per orbem

claustraque custodem pacis cohibentia Ianum 255

et formidatam Parthis te principe Romam,

si quantum cuperem possem quoque. sed neque parvum

carmen maiestas recipit tua nec meus audet

rem temptare pudor quam vires ferre recusent.

sedulitas autem, stulte quem diligit, urget, 260

praecipue cum se numeris commendat et arte;

discit enim citius meminitque libentius illud

quod quis diridet quam quod probat et veneratur.

'nil moror officium quod me gravat, ac neque ficto

in peius vultu proponi cereus usquam 265

nec prave factis decorari versibus opto,

ne rubeam pingui donatus munere et una

cum scriptore meo, capsa porrectus operta,

deferar in vicum vendentem tus et odores

et piper et quidquid chartis amicitur ineptis.' 270

청동의 조각상은 이에 미치지 못합니다.
바닥을 기는 글을 쓰는 시인이 아니었던들   250
당신의 위대한 업적을 글로 지어냈을 게고
대지의 모습과 땅들의 모양을 노래했을 게고
산 위에 선 산성과 야만의 왕국들을, 당신의
위엄 앞에 온 세상에 걸쳐 마무리된 전쟁을,
평화의 수호자 야누스의 잠긴 문고리를,   255
당신의 영도로 파르티아를 겁주는 로마를
원하고 할 수 있는 만큼 노래했을 겁니다.
작은 노래로 당신의 위업을 담지 못하니, 나의
염치가 그걸 말리며 역량도 모자랍니다.
과욕은 어설픈 칭송을 재촉합니다.   260
특히 운율 종사자들은 더욱 그러합니다.
인정과 칭찬을 받을 때보다 조롱을 당할 때
빨리 깨닫고 이를 잘 명심하는 법입니다.
"나를 힘겹게 하는 여러분의 복무를 면제한다.
흉한 얼굴의 밀랍으로 만들어져 세워지는 것도   265
왜곡된 시 구절로 꾸며지는 것도 원치 않는다.
기름진 칭송을 받으며 얼굴을 붉히고 결국
내 시인과 함께 뚜껑 닫힌 상자에 누웠다가,
유향과 향수와 후추를 싸는 허드레 종이처럼
골목길 가게로 실려 가길 나는 원치 않는다."   270

epistulae II 2

Flore, bono claroque fidelis amice Neroni,
siquis forte velit puerum tibi vendere natum
Tibure vel Gabiis et tecum sic agat: 'hic et
candidus et talos a vertice pulcher ad imos
fiet eritque tuus nummorum milibus octo,   5
verna ministeriis ad nutus aptus erilis,
litterulis Graecis imbutus, idoneus arti
cuilibet: argilla quidvis imitaberis uda.
quin etiam canet, indoctum sed dulce bibenti.
multa fidem promissa levant, ubi plenius aequo   10
laudat venalis qui vult extrudere merces.
res urget me nulla; meo sum pauper in aere.
nemo hoc mangonum faceret tibi; non temere a me
quivis ferret idem. semel hic cessavit et, ut fit,
in scalis latuit metuens pendentis habenae.   15
des nummos, excepta nihil te si fuga laedit.'
ille ferat pretium poenae securus, opinor.
prudens emisti vitiosum, dicta tibi est lex:
insequeris tamen hunc et lite moraris iniqua?
dixi me pigrum proficiscenti tibi, dixi   20
talibus officiis prope mancum, ne mea saevus
iurgares ad te quod epistula nulla rediret.

II 2 플로루스에게 보내는 편지

플로루스여, 고귀한 네로의 충실한 친구여!
누군가 당신에게 티부르나 가비 출신 어린 노예를
팔기 위해 당신에게 흥정 붙이며 말하길
"이 녀석은 머리에서 발끝까지 흠잡을 데 없으며
8000냥이면 당신 재산이 될 수 있습니다.   5
주인이 눈썹만 움직여도 뜻을 헤아릴 이 녀석은
희랍어를 약간 익혔고 뭐든 가르쳐 쓸 만합니다.
굳지 않았을 때 뭐든 만들 수 있는 찰흙처럼.
노래도 합니다. 배운 건 아니지만 술안주론 제법.
물건을 처분하려는 욕심에 과하게 선전하는   10
장사치가 말이 많으면 믿음을 얻지 못하는 법.
급한 사정 때문도, 가난하되 빚에 몰린 때문도 아니며
아무 장사꾼이나 내놓을 수 있는 물건도, 아무에게나
보여드리는 물건도 아닙니다. 한번 일을 망치고
채찍이 두려워 층계 밑에 숨은 적은 있습니다.   15
되잡힌 도망사건이 상관없다면 돈을 지불하시오."
장사치는 적법하게 처분한 셈입니다. 당신은
흠을 알고 물건을 샀고 법은 충족되었습니다.
그러니 어찌 장사치에게 속아 샀다 고변하리까?
길 떠나는 당신에게 나는 지쳤다 말했습니다.   20
이제 글 쓰는 일을 할 수 없으니, 당신에게 편지를
부치지 못해도 나를 고소하지 말라 했습니다.

quid tum profeci, mecum facientia iura

si tamen adtemptas?   24a

                  Quereris super hoc etiam quod   24b

exspectata tibi non mittam carmina mendax.   25

Luculli miles collecta viatica multis

aerumnis, lassus dum noctu stertit, ad assem

perdiderat. post hoc vehemens lupus, et sibi et hosti

iratus pariter, ieiunis dentibus acer,

praesidium regale loco deiecit, ut aiunt,   30

summe munito et multarum divite rerum.

clarus ob id factum donis ornatur honestis,

accipit et bis dena super sestertia nummum.

forte sub hoc tempus castellum evertere praetor

nescio quod cupiens, hortari coepit eundem   35

verbis quae timido quoque possent addere mentem:

'i, bone, quo virtus tua te vocat, i pede fausto,

grandia laturus meritorum praemia. quid stas?'

post haec ille catus, quantumvis rusticus: 'ibit,

ibit eo quo vis qui zonam perdidit' inquit.   40

Romae nutriri mihi contigit atque doceri

법률도 내 편이나, 당신이 그럼에도 따진다면
내 어찌해야 옳을까요?   24a

                        덧붙여 시집을 보내리라   24b
기다렸건만 당신을 속여 보내지 않았다 하시니.   25
루쿨루스의 병사 하나는 천신만고 모은 월급을
한밤중 코를 골며 자다가 푼돈 한 닢 남김없이
잃었답니다. 이후 사나운 늑대처럼 적과 아군을
구분없이 무섭게 굶주린 이빨로 으르렁거렸지요.
사람들 말에 그는 왕국을 점령했다고 합니다.   30
상당한 부를 갖추고 최선으로 방어된 곳을.
이 일로 유명해져 굉장한 훈장을 얻었고
2만 세스테리우스의 상금을 받았다고 합니다.
얼마 후 장군이 어느 철옹성을 빼앗으려는 욕심에
모르긴 몰라도 겁쟁이라도 용기를 낼 수 있을   35
말로 병사를 설득하기 시작했답니다.
"용사여, 네 용기가 부르는 곳으로! 행운이 있길!
네 전과에 엄청난 상금이 있으리라. 어서 가라!"
이에 배운 건 없지만, 계산 빠른 병사는 대답하되
"돈주머니 잃은 놈은 시킨 대로 가겠지요!"   40

나는 로마에서 소년기를 보내며 성난 아킬레스가

iratus Grais quantum nocuisset Achilles.

adiecere bonae paulo plus artis Athenae,

scilicet ut vellem curvo dinoscere rectum

atque inter silvas Academi quaerere verum.   45

dura sed emovere loco me tempora grato

civilisque rudem belli tulit aestus in arma

Caesaris Augusti non responsura lacertis.

unde simul primum me dimisere Philippi,

decisis humilem pennis inopemque paterni   50

et Laris et fundi paupertas impulit audax

ut versus facerem; sed quod non desit habentem

quae poterunt umquam satis expurgare cicutae,

ni melius dormire putem quam scribere versus?

Singula de nobis anni praedantur euntes: 55

eripuere iocos, Venerem, convivia, ludum;

tendunt extorquere poemata: quid faciam vis?

Denique non omnes eadem mirantur amantque:

carmine tu gaudes, hic delectatur iambis,

ille Bioneis sermonibus et sale nigro.   60

tres mihi convivae prope dissentire videntur,

희랍인들에게 얼마나 해를 입혔는지 배웠습니다.
아름다운 아테네에서 얼마간 학문을 더 익혔고
하여 곡선과 직선을 구분할 수 있도록
아카데모스의 숲에서 진리를 탐구했습니다.   45
하나 험난한 시절에 사랑스러운 그곳을 떠나
군대에 문외한이면서 내전에 휘말려 입대했고
카이사르 아우구스투스에 못 미치는 군대에.
하여 필리피 전투에서 패하고 쫓겨가게 되고
깃털이 모조리 뽑힌 비참한 꼴로 아버지가   50
물려준 재산과 시골 땅도 잃고 가난 때문에 감히
시를 쓰게 되었습니다. 하나 이제 부족함 없는
내가 아직도 잠자기보다 시 쓰길 좋아한다면
어떤 약초가 있어 치료할 수 있겠습니까?

세월은 우리에게서 좋은 걸 하나씩 앗아갑니다.   55
유쾌한 대화, 달콤한 사랑, 즐거운 잔치, 재밌는 축제,
이제 시마저 가져가려 내 손목을 비트니, 어찌하리까?

저마다 경탄하고 좋아하는 일이 다릅니다.
당신은 서정시를 즐기지만, 누구는 얌보스를 아끼고
누구는 비온 풍의 풍자와 독설을 사랑합니다.   60
손님이 셋이면 저마다 의견이 다르기 일쑤이며

poscentes vario multum diversa palato.

quid dem? quid non dem? renuis tu quod iubet alter;

quod petis, id sane est invisum acidumque duobus.

Praeter cetera me Romaene poemata censes   65

scribere posse inter tot curas totque labores?

hic sponsum vocat, hic auditum scripta relictis

omnibus officiis; cubat hic in colle Quirini,

hic extremo in Aventino, visendus uterque;

intervalla vides haud sane commoda. 'verum   70

purae sunt plateae, nihil ut meditantibus obstet.'

festinat calidus mulis gerulisque redemptor,

torquet nunc lapidem, nunc ingens machina tignum,

tristia robustis luctantur funera plaustris,

hac rabiosa fugit canis, hac lutulenta ruit sus: 75

i nunc et versus tecum meditare canoros!

scriptorum chorus omnis amat nemus et fugit urbem,

rite cliens Bacchi somno gaudentis et umbra:

tu me inter strepitus nocturnos atque diurnos

vis canere et contracta sequi vestigia vatum?   80

ingenium sibi quod vacuas desumpsit Athenas

et studiis annos septem dedit insenuitque

입맛따라 요구하는 것도 제각각입니다.
뭘 주고 뭘 안 줄지? 누군 원하고 당신은 고개를 저으니,
당신에겐 달콤하고 나머지 둘에겐 시고 씁니다.

게다가 일도 많고 탈도 많은 로마에서   65
시를 쓸 수 있을 거라 생각합니까?
보증 서달라, 혹은 제 글을 열 일 제쳐 두고
들어 달라 합니다. 퀴리누스에 하나가, 또 하나는
아벤티누스 끝에 몸져누워, 둘을 방문해야 합니다.
오가기 참 불편하게 떨어져 있습니다. "오가는   70
골목은 한산하고 시를 생각하기에 좋지 않은가!"
저기 집 장사가 나귀와 일꾼을 데리고 가고
큰 기중기가 석재를 나르고 목재를 옮기고
슬픈 장례행렬이 우람한 짐차와 길을 다투며
여기 성난 개가 짖고, 저기 더러운 돼지가 뜁니다.   75
이 골목을 지나며 좋은 시를 생각해 보시길!
시인의 무리는 숲을 사랑하며 도시를 멀리하여
꿈과 그늘을 즐기는 박쿠스의 피호민.
당신은 내가 밤낮으로 어수선한 북새통 속에서
노래하며 험난한 시인의 길을 걸으라 합니까?   80
재능 있는 시인이 한가한 아테네를 골라잡아
칠 년을 공부에 매진하여 책과 생각으로 씨름하다

libris et curis, statua taciturnius exit
plerumque et risu populum quatit: hic ego, rerum
fluctibus in mediis et tempestatibus urbis 85
verba lyrae motura sonum conectere digner?

Frater erat Romae consulti rhetor, ut alter
alterius sermone meros audiret honores,
Gracchus ut hic illi, foret huic ut Mucius ille.
qui minus argutos vexat furor iste poetas? 90
carmina compono, hic elegos, 'mirabile visu
caelatumque novem Musis opus!' aspice primum
quanto cum fastu, quanto molimine circum–
spectemus vacuam Romanis vatibus aedem!
mox etiam, si forte vacas, sequere et procul audi, 95
quid ferat et quare sibi nectat uterque coronam.
caedimur et totidem plagis consumimus hostem
lento Samnites ad lumina prima duello.
discedo Alcaeus puncto illius; ille meo quis?
quis nisi Callimachus? si plus adposcere visus, 100
fit Mimnermus et optivo cognomine crescit.
multa fero, ut placem genus irritabile vatum,
cum scribo et supplex populi suffragia capto;

나이 먹고, 조각상보다 더한 벙어리로 나타나매
대개 세상 비웃음만 사는 형편이거늘, 여기
많은 사건이 파도치며 몰아치는 도시 한가운데   85
뤼라에 어울릴 말을 엮을 수 있겠습니까?

로마에 변호사와 동생 연설가가 살았는데
서로는 서로를 참으로 아끼고 칭송했으며
서로를 그라쿠스네, 무키우스네 했답니다.
저 광기가 우리 시인들을 어찌 가만두겠습니까?   90
나는 서정시를, 한 친구는 엘레기를 짓습니다.
"굉장한걸, 흡사 아홉 무사 여신들의 작품 같은데."
얼마나 오만하게 무게 잡으며 로마 시인들에게
비워준 신전을 우리가 훑고 다니는지
만약 한가하다면, 쫓아와 멀리서 우리가   95
뭘 왜 서로 왕관 씌워 주는지 보십시오!
서로 먹이고 먹은 만큼 상대방을 추어올리니,
저녁까지 오랜 공방을 벌이는 삼니움 사람들입니다.
그가 날 알카이오스라 매기니, 그를 뉘라 할까요?
칼리마코스 말고 또 있나요? 좀 더 욕심을 낸다면   100
밈네르모스라 하지요. 바라던 이름에 의기양양.
글을 쓰며 탄원자로 대중의 표를 구할 때
성마른 시인 족속을 달래며 많이 참았습니다.

idem, finitis studiis et mente recepta,

obturem patulas impune legentibus auris. 105

Ridentur mala qui componunt carmina; verum

gaudent scribentes et se venerantur et ultro,

si taceas, laudant quidquid scripsere beati.

at qui legitimum cupiet fecisse poema,

cum tabulis animum censoris sumet honesti: 110

audebit, quaecumque parum splendoris habebunt

et sine pondere erunt et honore indigna fruentur,

verba movere loco, quamvis invita recedant

et versentur adhuc inter penetralia Vestae.

obscurata diu populo bonus eruet atque 115

proferet in lucem speciosa vocabula rerum,

quae priscis memorata Catonibus atque Cethegis

nunc situs informis premit et deserta vetustas;

asciscet nova, quae genitor produxerit usus.

vehemens et liquidus puroque simillimus amni 120

fundet opes Latiumque beabit divite lingua.

luxuriantia compescet, nimis aspera sano

levabit cultu, virtute carentia tollet:

ludentis speciem dabit et torquebitur, ut qui

이런 수고를 접고 정신을 차리고 생각해보니,
떠드는 시인들에게 귀를 닫아도 좋을까 합니다.   105

비웃음도 아까운 형편없는 시를 쓰는 사람들이
실로 제멋에 겨워 글쓰기를 즐기고 우쭐해 합니다.
대중의 침묵 가운데 행복하게 제 것을 떠벌립니다.
하나 올바른 시를 쓰길 원하는 사람이라면
빈 수첩과 함께 엄한 감찰관의 정신을 갖출 일.   110
하여 훌륭한 시인은 만일 단어가 빛을 잃으면,
무게를 잃으면, 부당하게 영광을 누리면,
가차 없이 지우고, 저항하여 매달리더라도
베스타 신전에 피신하더라도 그리합니다.
훌륭한 시인은 인민에게 오래 희미해졌으나   115
사정을 밝히는 단어를 세상에 보여주며,
카토와 케테구스 같은 이들이 기억할 법한 단어라도,
사납게 세월에 버려진 단어라도 개의치 않습니다.
필요의 아버지가 낳은 신조어도 받아들입니다.
하여 맑고 투명한 힘찬 강물처럼 말을 쏟아내   120
풍요로운 단어로 라티움어를 살찌울 겁니다.
과장을 단속하며, 과도하게 거친 말을 건강한
양식으로 다듬고, 빈약 무의한 말을 축출합니다.
훌륭한 시인은 때로 사튀로스, 거친 퀴클롭스의 시늉,

nunc Satyrum, nunc agrestem Cyclopa movetur.   125

'Praetulerim scriptor delirus inersque videri,
dum mea delectent mala me vel denique fallant,
quam sapere et ringi.' fuit haud ignobilis Argis,
qui se credebat miros audire tragoedos
in vacuo laetus sessor plausorque theatro;   130
cetera qui vitae servaret munia recto
more, bonus sane vicinus, amabilis hospes,
comis in uxorem, posset qui ignoscere servis
et signo laeso non insanire lagoenae,
posset qui rupem et puteum vitare patentem.   135
hic ubi cognatorum opibus curisque refectus
expulit elleboro morbum bilemque meraco
et redit ad sese, 'pol, me occidistis, amici,
non servastis' ait, 'cui sic extorta voluptas
et demptus per vim mentis gratissimus error.'   140

Nimirum sapere est abiectis utile nugis
et tempestivum pueris concedere ludum,
ac non verba sequi fidibus modulanda Latinis,
sed verae numerosque modosque ediscere vitae.

광대를 가장하지만 실로 수고를 늦추지 않습니다.　　　　125

"차라리 나는 넋 나간 못 배운 시인으로 보이며
형편없는 시를 즐겨도 이를 아예 깨닫지 못하길!
지혜를 얻고 으르렁거리기보다 말이다." 예전에
아르고스의 귀족은 경탄할 비극을 본다고
믿으며 텅 빈 극장에 앉아 박수를 보냈답니다.　　　130
그 밖엔 일상을 올바른 법도에 따라 수행할 줄 아는
참으로 정직한 이웃이자 환영받을 손님이었고
아내에게 친절할, 노예들에게 기꺼이 용서를 베풀,
술독의 봉인이 뜯겨도 성내지 않을 사람이었고
벼랑과 구덩이를 피할 법한 사람이었습니다.　　　135
이 사람이 여러 친족의 도움과 염려로써
박새풀즙을 먹고 광증을 몰아내고 회복되어
제정신을 찾으며 가로되, "여보게들, 댁네들은
날 살린 것이 아니라 죽인 것이네. 내 즐거움을
없애고 영혼의 즐거운 오류를 앗아 버렸다네."　　　140

그래도 지혜를 얻는 건 유익합니다. 하찮은 일은
섭고, 아이들에게 어울릴 장난은 넘길 일입니다.
로마의 비파에 어울릴 법한 말을 쫓을 게 아니라
참된 삶의 율조와 화음을 배워야 합니다.

quocirca mecum loquor haec tacitusque recordor: 145
si tibi nulla sitim finiret copia lymphae,
narrares medicis: quod, quanto plura parasti,
tanto plura cupis, nulline faterier audes?
si vulnus tibi monstrata radice vel herba
non fieret levius, fugeres radice vel herba   150
proficiente nihil curarier. audieras, cui
rem di donarent, illi decedere pravam
stultitiam, et cum sis nihilo sapientior ex quo
plenior es, tamen uteris monitoribus isdem?
at si divitiae prudentem reddere possent,   155
si cupidum timidumque minus te, nempe ruberes,
viveret in terris te si quis avarior uno.

Si proprium est quod quis libra mercatus et aere est,
quaedam, si credis consultis, mancipat usus.
qui te pascit ager, tuus est, et vilicus Orbi,   160
cum segetes occat tibi mox frumenta daturas,
te dominum sentit. das nummos, accipis uvam,
pullos, ova, cadum temeti: nempe modo isto
paulatim mercaris agrum, fortasse trecentis
aut etiam supra nummorum milibus emptum.   165

하여 나는 홀로 생각하며 조용히 곱씹어 봅니다.   145
아무리 냉수를 들이켜도 갈증이 남는다면
의사에게 치료받으면서, 아무리 가져도 더 욕심이
커지는 경우는 누구에게 상담해 볼까요?
풀뿌리와 약초를 써보았으나, 상처가 아물지 않고
호전되지 않는다면, 응당 효험 없는 풀뿌리와   150
약초로 치료하는 일을 포기하는 게 옳습니다.
속담에 이르길, 신들은 재물을 허락하면서 또한
어리석음을 몰아낸다 했던가요? 풍요로워진 만큼
현명해지지 않는데 이 속담을 믿어야 할까요?
재산이 사람을 지혜롭게 만든다는 말이 옳다면,   155
재산으로 걱정과 욕심이 없어진다면, 세상의 누가
당신보다 탐욕스럽다면, 창피스런 일이겠습니다.

저울과 동전으로 번 것을 재산이라 할 때
법률가는 이를 다만 용익권의 매매라고 합니다.
당신을 먹이는 땅이며, 당신에게 먹거리가 될   160
씨앗을 뿌리는 오르비우스의 마름도 당신을
주인으로 여기고, 당신은 동전을 건네고 포도와
닭과 달걀과 술 한 동이를 받습니다. 이렇게 조금씩
당신은 그 소출을 얻으니, 삼십만 냥 혹은 그 이상
값나가는 토지를 소유한 것과 진배없습니다.   165

quid refert, vivas numerato nuper an olim,
emptor Aricini quondam Veientis et arvi
emptum cenat holus, quamvis aliter putat, emptis
sub noctem gelidam lignis calefactat aenum;
sed vocat usque suum, qua populus assita certis   170
limitibus vicina refringit iurgia, tamquam
sit proprium quidquam, puncto quod mobilis horae
nunc prece, nunc pretio, nunc vi, nunc morte suprema
permutet dominos et cedat in altera iura.

Sic quia perpetuus nulli datur usus et heres   175
heredem alternis velut unda supervenit undam,
quid vici prosunt aut horrea, quidve Calabris
saltibus adiecti Lucani, si metit Orcus
grandia cum parvis, non exorabilis auro?
gemmas, marmor, ebur, Tyrrhena sigilla, tabellas,   180
argentum, vestis Gaetulo murice tinctas
sunt qui non habeant, est qui non curat habere.
cur alter fratrum cessare et ludere et ungui
praeferat Herodis palmetis pinguibus, alter
dives et importunus ad umbram lucis ab ortu   185
silvestrem flammis et ferro mitiget agrum,

방금 낸 돈으로 아님 전에 낸 돈으로 사는 겁니까?
아리키아나 베옌스의 땅을 전에 산 이나, 본인은
달리 생각하겠지만, 채소를 사 먹는 사람과 추운 밤
사 온 땔감으로 술을 덥히는 이나 똑같습니다.
경계를 구획하여 분쟁을 막아주는 백양목이   170
서 있는 곳까지 모두 제 재산이라 외치지만,
그래 보이는 재산도 흐르는 시간의 한순간일 뿐,
유증이나 매매나 폭력으로 마침내 죽음으로
주인을 바꾸어 타인의 권리가 됩니다.

이처럼 주어진 용익권이 영원한 건 아닙니다.   175
상속자는 상속자를 찾고 파도가 파도를 뒤따릅니다.
땅과 곳간이 무슨 소용이며, 칼라브리아에 덧붙여
루카니아 숲이 있든, 황금으로 매수할 수 없는
명왕은 부자건 빈자건 구분 없이 베어 갑니다.
보석, 대리석, 상아, 에트루리아 청동, 화판   180
은쟁반, 가이툴리아 소라로 물들인 옷감을
갖지 않은 자도 있고 가지려 않는 자도 있습니다.
어찌 형제 중 하나는 게으르고 즐겨 놀며 치장하여
이를 헤롯왕의 풍성한 야자수보다 귀하게 여기며
어찌 하나는 돈 많으면서도 고약하게 새벽부터   185
해 질 때까지 불과 칼로 야생의 땅을 정복하는지,

scit Genius, natale comes qui temperat astrum,

naturae deus humanae mortalis, in unum.

quodque caput vultu mutabilis, albus et ater.

Utar et ex modico quantum res poscet acervo   190

tollam, nec metuam quid de me iudicet heres,

quod non plura datis invenerit; et tamen idem

scire volam quantum simplex hilarisque nepoti

discrepet et quantum discordet parcus avaro.

distat enim spargas tua prodigus an neque sumptum   195

invitus facias neque plura parare labores,

ac potius, puer ut festis Quinquatribus olim,

exiguo gratoque fruaris tempore raptim.

pauperies immunda domus procul absit; ego utrum

nave ferar magna an parva, ferar unus et idem.   200

non agimur tumidis velis Aquilone secundo;

non tamen adversis aetatem ducimus Austris:

viribus, ingenio, specie, virtute, loco, re

extremi primorum, extremis usque priores.

'Non es avarus? abi. quid? cetera iam simul isto   205

cum vitio fugere? caret tibi pectus inani

출생의 별자리를 정하는 천명만이 알 일입니다.
천명은 죽을 운명의 인간을 지배하니, 모두에게
각자의 천명이 있고 검고 희기가 제각각입니다.

많지 않은 살림이라도 필요한 만큼 나는 쓰고   190
즐깁니다. 내 상속자가 좀 더 받을 수 있었다고
내게 욕을 하더라도 나는 두렵지 않습니다.
하지만 한가함과 행복이 방탕과 얼마나 다르며
근검이 탐욕과 얼마나 다른지는 알고 싶습니다.
낭비하며 탕진하는 것은, 즐거운 마음으로   195
욕심 없이 벌고 쓰는 것과 같지 않으며, 또
어릴 적 미네르바 봄 축제에서 그랬던 것처럼 짧은
시간일망정 맘껏 즐겼던 것과도 같지 않습니다.
추악한 가난이 내 집에 들지 않으리라! 나는
한결같이 배가 크든 작든 그 배를 타고 가리라!   200
돛에 가득 북풍에 몸을 맡겨 돌진하지 않으며
평생 거친 남풍을 거슬러 고투하지 않겠습니다.
힘, 재능, 생김새, 성품, 지위, 재산으로
선두의 맨 꼴찌, 꼴찌의 맨 선두이길 바랍니다.

"욕심이 없으시다? 떠나시오. 어때요? 탐욕과 함께   205
다른 오류들도 사라졌소? 당신 가슴속에 헛된

ambitione? caret mortis formidine et ira?
somnia, terrores magicos, miracula, sagas,
nocturnos lemures portentaque Thessala rides?
natalis grate numeras? ignoscis amicis?   210
lenior et melior fis accedente senecta?
quid te exempta levat spinis de pluribus una?
vivere si recte nescis, decede peritis.
lusisti satis, edisti satis atque bibisti:
tempus abire tibi est, ne potum largius aequo   215
rideat et pulset lasciva decentius aetas.'

쓸데없는 야심은? 죽음의 공포나 분노는 없으시오?
불면, 끔찍한 마법, 기괴한 사건, 마녀들,
밤의 유령들, 테살리아의 괴물은 웃어넘기시오?
운명을 기쁘게 챙기며, 친구들을 용서하시오?   210
나이 들어 늙어감에 부드럽고 온순해지시오?
많은 잘못 중 어째 하날 들어내니 홀가분하쇼?
옳게 살 줄 모른다면 아는 이들에게 맡기시오.
댁은 놀 만큼 노셨고, 먹을 만큼, 마실 만큼 마시셨소.
이제 그만 떠날 시간이오. 너무 많이 마셨다고   215
더 잘 노는 세대가 조롱하고 몰아내지 않도록.”

"창작은 즐거움을 위해 만들되 진실에 가깝게."—호라티우스

시학

6행 : 피소 부자는 호라티우스가 『시학』을 헌정한 사람과 그의 아들들로 기원전
　　15년 집정관을 역임한 루키우스 칼푸르니우스 피소(기원전 48~32년)를
　　가리킨다.

15행 주홍 띠 : 원로원 의원처럼 고귀한 신분의 사람들이 입는 옷에 장식용으로
　　주홍 줄무늬를 염색해 넣는다.

19~23행 희랍 속담에 따르면 삼나무만을 전문으로 그리는 화가에게 난파선에서
　　간신히 살아 돌아온 뱃사람이 자신의 불행에 관한 그림을 청했더니 화가가 "이
　　삼나무에 무엇을 얹을까?" 물었다고 한다. 삼나무는 주로 관을 짜는 데 쓰이는
　　나무다.

32행 : 아이밀리우스 학교는 검투사를 훈련시키던 유명한 로마의 검투사
　　학교였으며, 한 귀퉁이에 청동을 다루는 장인들의 가게가 있었을 것으로
　　추정된다.

50행 : "허릴 쫌맨"으로 번역된 원문 'cinctutus'는 '한물간'이라는 뜻이다. 토가를
　　입을 때 허리를 묶던 옛 풍습은 호라티우스 당대에는 촌스럽다고 생각되었다.

61행 : 많은 학자는 여기에서 몇 줄이 지워지지 않았을까에 대해 의심한다. "먼저
　　나왔던 나뭇잎이 떨어지고 또 다른 나뭇잎들이 생겨난다."라고 시인이 말했어야
　　이 비유가 완성되었을 터인데,(『일리아스』 6권 146행 이하를 보라.) 현재 '처음 건
　　떨어져'라는 반 토막만 남아 있다.

91행 튀에스테스의 만찬 : 펠롭스의 아들이며 아트레우스의 동생이다.
　　아트레우스는 튀에스테스의 아들을 죽여 그에게 먹게 만들었다. 형수를 유혹한
　　복수였다.

94행 크레메스 : 희극 작품에 등장하는 전형적인 인물로서 아들의 행각이
　　못마땅하여 화난 얼굴로 등장한다.

96행 텔레포스와 펠레우스 : 텔레포스는 소아시아 뮈시아의 왕으로
　　아킬레우스에게 부상을 입었는데, 상처를 입힌 자만이 상처를 치료할 수
　　있다는 신탁을 듣고 거지 신세로 아킬레우스를 찾아갔다. 아킬레우스의 아버지
　　펠레우스는 친척을 살해한 죄 때문에 고향에서 추방되었다.

120행 명예로운 : 원문 'honoratum'은 "명예롭다." 또는 "존경받다."(천병희,
　　1996)이지만, 호메로스의 『일리아스』에서 아킬레우스가 그 명예에 큰 상처를
　　입은 사실과 부합하지 않는다.

136행 연작시 소리꾼 : 호메로스 서사시 연작시는 오늘날 우리에게 전해지는
『일리아스』와『오뒷세이아』를 비롯하여 트로이아 전쟁 이야기를 둘러싼
서사시들이다. 전쟁의 배경과 발단에서 결말과 관련 사연들까지 전체를
망라한다.

145행 안티파테스 : 오뒷세우스의 모험 가운데 식인 거인족인 라이스트뤼고네스
사람들의 왕이다.

146행 멜레아그로스 : 디오메데스의 삼촌이다. 멜레아그로스와 함께 칼뤼돈의
멧돼지 사냥에 참여한 영웅들은, 디오메데스와 함께 트로이아 전쟁에 참여한
영웅들보다 적어도 한 세대 이전에 살았다고 할 수 있다.

147행 쌍란 : 레다가 낳은 두 개의 알 중 하나에서 헬레네와 클뤼타임네스트라가,
다른 하나에서 카스토르와 폴뤼데우코스가 태어났다.

187행 프로크네, 카드모스 : 프로크네는 아테네의 공주로 밤꾀꼬리가 되었다고
한다. 카드모스는 페니키아의 왕자로 테베를 건설했고 늙어 뱀이 되었다고 한다.

221행 벗겨놓고 : 비극 공연이 끝나고 사튀로스 극을 공연하기 위해 비극
합창대가 의상을 벗고 이번에는 사튀로스 합창대로 등장한다.

237행 다부스, 시모, 퓌티아스 : 이들 모두는 희극에 등장하는 인물들로,
다부스는 교활한 노예, 퓌티아스는 약삭빠른 하녀이며, 시모는 잘 속는 어리석은
노인이다.

239행 실레노스 : 늙고 술 취한 사튀로스로서 어린 디오뉘소스를 키운 양육자다.

275행 카메나 : 말하자면 로마의 무사 여신들이다.

276행 테스피스 : 아테네 출신의 시인으로 비극의 창시자로 알려졌다.
호라티우스는 테스피스의 비극이 합창시에 가깝다고 보고 있다.

288행 관복 비극, 평복 희극 : 관복은 심홍색 줄무늬 장식의 귀족 의복으로 로마
귀족층을 소재로 다루는 극의 이름이 되었고, 평복은 로마 시민들이 일상에
입는 의복으로 시민 일상을 소재로 다루는 극의 이름이 되었다.

292행 폼필리우스 혈통이여 : 칼푸르니우스 피소 집안의 씨족명 칼푸르니우스는
로마의 입법자 누마 폼필리우스 왕의 둘째 아들 칼포에서 유래한다고 알려졌다.

296행 헬리콘 산 : 무사 여신들에게 바쳐진 산으로 희랍 보이오티아 지방에
위치한다.

297행 데모크리토스 : 키케로가 전하는바(de divinatione I 80) 데모크리토스는
광기가 없으면 위대한 시인이 될 수 없다고 주장했다.

300행 안티퀴라 : '안티퀴라'는 미나리아재비의 다른 이름이다. 안티퀴라는
희랍 코린토스 만에 있는 도시 포키스에 속한 지역으로 광기 치료제로 쓰이는
미나리아재비가 많이 나는 지역이다.

300~303행 : 여기서 호라티우스는 짐짓 자신도 미친 짓을 했었더라면 더 좋은 시를 쓸 수 있었겠다고 말하여 영감을 주장하는 자들을 비웃고 있다.

310행 소크라테스의 책 : 소크라테스는 익히 알려진 바 책을 남기지 않았다. 여기서 호라티우스는 소크라테스의 가르침을 반영하고 있는 책들을 언급한다.

328행 아스 : 로마의 무게 단위 '아스(as)'는 12푼(unciae)이다.

333~346행 : 시인의 과업. 키케로는 '서술'을 셋으로 구분하여 '역사(historia)', '신화(fabula)', '문학(argumentum)'으로 나누는데, 이런 구분의 기준은 '진실과 허구(verum fictum)'인 바 이는 호라티우스가 여기서 언급한 'ficta vera'(338행)와 같다.

340행 라미아 : 희랍 미신에 따르면 아이들을 납치하고 인간의 피를 빨아먹는 귀신이다.

342행 거만한 람네스 : 기사신분으로 구성된 백인대 이름 가운데 하나다.

345행 소시우스 형제 : 호라티우스의 전기를 쓴 포르퓌리우스에 따르면 호라티우스 당대의 출판업자다.

349행 : 후대에 삽입된 것으로 생각된다. 여기서 다루는 문제는 묵인할 수 있는 실수인데, 이 구절은 심각한 과오를 말하고 있다.

357행 코에릴루스 : 기원전 4세기의 시인으로 마케도니아의 알렉산드로스에게 고용되었으며, 엄청난 액수의 수고비를 받은 것으로 유명하다. 그럼에도 불구하고 수고비에 걸맞은 작품을 쓰지 못한 시인으로도 유명하다.

375행 사르디니아 꿀 : 이탈리아 서해안에 위치한 사르디니아 섬은 쓴 맛이 강한 꿀로 유명하다.

385행 미네르바를 거슬러 : '타고난 재능에 맞지 않게'라고 뜻이다.

387행 비평가 마이키우스 : 스푸리우스 마이키우스 타르파는 호라티우스 당대의 문학 평론가 가운데 하나다.

396행 지혜 : 오르페우스 이래로 무사이오스, 리누스, 호메로스, 헤시오도스, 솔론 등 우리는 현자라고 알려진 많은 시인을 알고 있다.

399행 법을 새겨 : 법률을 제정한 일은 아테네의 입법자 솔론을 가리킨다.

405행 피에리아 선율 : 희랍의 서정시인 박퀼리데스, 시모니데스, 아나크레온 등을 가리킨다.

414행 퓌티아에서 다투는 취주자 : 델피에서 개최되는 제전으로 체육경합이 펼쳐졌으며, 로마 제국 시대에는 음악경합도 포함되었다.

437행 여우 탈 : 새의 입에 물린 먹이를 빼앗으려고 여우가 새의 노래를 칭찬했다는 파이드로스 우화를 보라(I, 13).

438행 퀸틸리우스 : 고대 주석가에 따르면 크레모나의 퀸틸리우스 바루스로

베르길리우스의 친구였다고 한다.

445행 훌륭하고 현명한 사람 : 우리는 "훌륭하고 현명한 사람"이라고 할 때 호라티우스가 "시인" 자신을 염두에 두었다고 생각한다.

450행 아리스타르코스 : 사모트라케 사람으로 기원전 216년에서 145년까지 살았으며, 153년 이래로 알렉산드리아 도서관의 수장이 되었다. 옛 문헌을 편찬하면서 예를 들어 후대에 잘못 들어간 구절에 화살표로 표시했다.

453~476행 광기의 시인. 『시학』 마지막 부분에서 호라티우스는 자신이 『풍자시』 혹은 『서간시』 등 작품들에서 흔히 사용되었던 마무리 방식을 채택한다.

465행 엠페도클레스 : 디오게네스 라에르티오스에 따르면, 기원전 5세기 희랍의 시인이자 철학자 엠페도클레스는 그의 신성(神性)을 입증하기 위해 아이트나 화산에 뛰어들었다고 전한다.

II 1 아우구스투스에게 보내는 편지

1~4행 인사말 : 이 편지의 수취인은 아우구스투스 황제다. 수에토니우스는 이 편지와 관련하여 흥미로운 일화를 전한다. 『서간시』 II 2와 『시학』을 읽은 아우구스투스가 호라티우스에게 불평했다. "당신이 그런 종류의 많은 글을 쓰면서 하필 나에게는 그러지 않았다는 사실에 내가 화났음을 당신은 알아야 한다. 혹 당신은 당신이 나의 친구였음을 후손들이 비난하지 않을까 두려운 것인가?" 이에 호라티우스는 『서간시』 II 1을 아우구스투스에게 쓰게 되었다.

5~27행 로마의 의고주의 : '제 시대의 것'은 동시대인들에게 공정한 평가를 받지 못하며, 아우구스투스가 칭송을 받는 것은 오히려 예외적 사건이다.

7~8행 길러냈고…… 끝냈으며…… 나누고……세웠습니다. : 아래의 118행 이하와 비교하라. 또 『시학』 391~399행, '시인'의 업적과 비교할 만하다.

11행 목숨 걸고 해치웠던 영웅 : 헤라클레스를 가리킨다.

27행 알바롱가 : '로마'를 가리킨다.

50행 이하 : 로마 문학은 리비우스 안드로니쿠스(61행)가 비극을 공연한 기원전 240년에 시작된다. 호라티우스까지 200년 남짓의 역사를 가진다. 리비우스 안드로니쿠스에 이어, 로마의 극을 발전시킨 그나이우스 나이비우스(기원전 285~190년), 희극작가 테렌티우스 플라우투스(기원전 254~184년), 서사시 『연대기(Annales)』를 쓴 퀸투스 엔니우스(기원전 239~169년), 희극작가 카에킬리우스 스타티우스(기원전 220~168년), 엔니우스의 조카로 비극을 쓴 마르쿠스 파쿠비우스(기원전 220~130년), 희극작가 푸블리우스 테렌티우스(기원전 195~158년), 비극작가 루키우스 아키우스(기원전 170~84년) 등이 있다. 루키우스 아프라니우스는 그라쿠스 형제 시대에

활동했던 희극작가다.

69~92행 "노인들" (81행 'patres'; 85행 'senes')은 "옛것의 숭배자(fautor veterum)"(23행), "대중(vulgus)"(63행)의 다른 이름이다.

79행 아타 : 티투스 퀸크티우스 아타(T. Quinctius Atta)는 기원전 77년에 사망한 작가로, 희극작품을 남겼다.

81행 아이소푸스 : 클로디우스 아이소푸스(Clodius Aesopus)의 생몰 연도는 알려지지 않으나, 키케로, 로스키우스 등과 동시대인이다. 아이소푸스는 당대에 유명한 비극배우였다.

82행 로스키우스 : 퀸투스 로스키우스 갈루스(Q. Roscius Gallus)는 126년에 태어나 기원전 63년에 사망한 유명한 희극배우로, 술라(Sulla)가 그를 기사계급으로 신분을 상승시켜 주었다.

86행 누마 폼필리우스는 로마의 두 번째 왕이다. 누마의 전쟁신 찬가는 바로(Varro)와 키케로의 시대 이전부터 이미 난해한 내용으로 유명했으며, 퀸틸리아누스(기원후 35~96년)에 따르면 사제들도 내용을 정확히 이해할 수 없을 정도였다고 한다.

139~155행 로마 극의 태동 : 희랍 문학을 수용하기 이전, 기원전 240년 이전의 로마 문학 발전의 조야한 단계를 보여 주고 있다.

145행 페스켄니아의 비방시 : 키케로는 12표법에도 이와 비슷한 것을 금지하는 법률 조항이 있음을 언급한다.(De Republica, iv. 10, 12) "우리의 12표법은 아주 사소한 일도 사형으로 다스리도록 적어 놓았다. 그 가운데 다음과 같은 것도 그렇게 다스려져야 한다고 생각했던 바, 만약 어떤 사람이 비방시를 만들거나 다른 사람에게 불명예와 치욕을 불러일으키는 시를 짓는 경우가 그것이다."

158행 사투르니우스 운율 : 리비우스 안드로니쿠스가 『오뒷세이아』를 라틴어로 번역할 때 사용한 운율로 알려졌다.

162행 카르타고 전쟁 : 2차 카르타고 전쟁(218~201년) 이후 본격적으로 희랍 문학의 영향이 로마에 미치기 시작한다.

173행 도센누스 : 캄파니아의 작은 도시 아텔라(Atella)에서 시작된 민속극을 우리는 '아텔라나(Atellanae)'라고 부른다. 이 민속극에 등장하는 전형적 인물인 '도센누스'는 약삭빠르고, 아는 체하며, 뚱뚱한 외모를 가진 인물이다.

175행 플라우투스 : 수에토니우스가 전하는 바로는 테렌티우스가 극을 팔아 돈을 벌었다고 한다. 플라우투스도 희극으로 돈을 벌었다는 기록이 전한다.

194행 데모크리토스 . 원자론으로 잘 알려진 철학자 데모크리토스를 가리키며, '인간의 어리석음이 분노나 절망보다는 웃음을 불러일으킨다.'는 견해로 알려졌다. 어리석은 사람은 삶의 즐거움을 누리지 못하며 살아간다.(DK68B200을 보라.)

195행 낙타에 표범 : 기린을 가리킨다. 카이사르의 개선식이 열렸던 기원전 46년에
처음으로 로마에 소개되었다.

232~244행 : 코에릴루스가 형편없는 시를 지었음에도 알렉산드로스 대왕은
문학에 대한 감식안을 갖고 있지 못해 그렇게 막대한 돈을 지불했다고
호라티우스는 여기서 말하지만, 다른 전승에 의하면, 사실 알렉산드로스 대왕은
코에릴루스의 형편없는 재능을 충분히 알고 있었다. 또 다른 전승에 따르면,
훌륭한 시행에 금화 한 닢을, 저열한 시행에 매질 한 번을 걸고 시를 짓게 했을
때 코에릴루스는 곧 매에 맞아 죽었다고 한다.

II 2 플로루스에게 보내는 편지

1~25행 : 이 편지의 수취인은 율리우스 플로루스(Iulius Florus)다. 그는
아우구스투스의 명에 따라 아르메니아 원정을 떠나는 티베리우스 클라우디우스
네로를 동행했는데 이때가 기원전 19년이다.

4~16행 : 노예를 팔려고 나온 사람은 상품을 선전하면서 책임을 면할 수 있도록
상품의 장점뿐만 아니라 하자도 공개해야 한다.

26~54행 첫 번째 근거 : 나는 욕심이 없다. 호라티우스의 생애 기록이다. 그는
아테네에서 유학했으며, 아테네에서 브루투스 군대에 입대했다.

46행 험난한 시절 : 카이사르의 죽음 이후 벌어졌던 내전을 상기시킨다.

55~64행 두 번째 근거 : 나는 늙었다. 플로루스에게 시를 써 보내지 못한 두 번째
변명으로 호라티우스는 노년을 언급한다.

65~86행 세 번째 근거 : 로마는 번잡하다. 로마와 같은 도시 생활에서 시를 쓰는
것은 불가능하다는 불평을 늘어놓고 있다.

87~105행 네 번째 근거 : 로마의 문학적 세태가 싫다.

106~140행 훌륭한 시인의 의무 : 지혜의 탐구. 훌륭한 시인이 해야 할 과제에
관해 언급하고 있다.

141~157행 훌륭한 시인의 의무 : 이제 장난스러운 놀이는 접어두고, 시인으로서
추구해야 할 진정한 과제인 '지혜'(141행)를 이야기한다.

158~174행 탐욕에 대한 논의 : 소유와 이용. 거대한 재산을 가진 사람이나 적은
재산을 가진 사람이나 결국 누릴 수 있는 재산의 크기를 보건대 서로 차이가
없다.

175~189행 탐욕에 대한 논의 : 인간의 운명. 각자에게는 운명이 있으며, 천명에
정해진 바에 따라 각자는 그렇게 살아갈 수밖에 없다.

190~204행 탐욕에 대한 논의 : 인간 삶의 목표가 행복이라고 할 때, 그리 많지

않은 재산으로도 즐겁고 행복하게 살아갈 수 있다.

205~216행 맺음말 : 플로루스의 양해. 호라티우스는 여기서 플로루스의 입을
빌어 이야기한다.

"법률 자문가나 사건 변호사가 간신히 수졸을 면한 신세라도, (...) 밥벌이는 합니다.
하나 평범한 시인들은 인간들도, 신들도, 책방주도 용서치 않으리다."—호라티우스

호라티우스의 생애는 그의 작품들, 그중에서도 특히
『서간시』와 『풍자시』와, 수에토니우스(Suetonius, 70~140년)의 시인
전기[1] 와, 포르퓌리우스(Porphyrius, 3세기)의 호라티우스 작품
주석[2]을 근거로 재구성할 수 있다.[3] 호라티우스의 생애에 관한
출처는 이렇게 세 가지뿐이다.

호라티우스의 이름은 퀸투스 호라티우스 플라쿠스 Quintus
Horatius Flaccus다.[4] 호라티우스는 기원전 65년 12월 8일에
태어났다.[5] 그의 고향은 이탈리아 남부, 아풀리아 지방과

---

1) Di Augusto Rostagni, *Suetonio De Poetis e Biografi minori*, New York,
1979.

2) Alfred Holder, *Pompini Porfyrionis commentum in Horatium Flaccum*,
New York, 1979.

3) Eduard Fraenkel, *Horace*, Oxford, 1957, ch. I, 1~23 pp.을 보라.

4) 수에토니우스와 포르퓌리우스가 그의 이름을 언급하였는바,
"Quintus"라는 이름은 호라티우스의 작품 가운데, 『풍자시』 II 6, 37행에서
볼 수 있으며, "Horatius"는 『서정시』 IV 6, 44행; 『서간시』 I 14, 5행에서 볼 수
있으며, "Flaccus"는 『비방시』 15, 12행; 『풍자시』 II 1, 18행에서 볼 수 있다.

5) 『서간시』 I, 20, 26~27행 "나는 롤리우스가 레피두스를 동료 집정관으로
뽑은 해에 꽉 찬 44번째 12월을 맞았다. *me quarter undenos sciat implevisse
Decembris / collegam Lepidum quo dixit Lollius anno*." 롤리우스가 레피두스를
동료 집정관으로 뽑은 해는 기원전 21년이다. Suetonius의 기록을 보면
"쿠키우스 코타와 루키우스 토르콰토스가 집정관이던 해 12월 8일에
태어났다 *natus est VI Idus Decembris L. Cotta et L. Torquato*." 생년 생월은
호라티우스의 기록과 같다. 생일에 관해서는 다만 수에토니우스가 전하는
것뿐이다. Fraenkel (1957), 22쪽 이하 참조.

루카니아 지방의 경계에 있는 도시 베누시아다.[6] 아우피두스 강(Aufidus)이 가로질러 흐르고 있으며, 베누시아와 가까운 곳에 불투르 산(Vultur)이 솟아 있다.[7] 호라티우스의 가족 가운데 유일하게 아버지에 관해서만 전해진다. 그의 아버지는 해방노예[8]였으며, 작으나마 토지를 소유하고 있었다.[9] 그의 아버지는 호라티우스의 교육을 위해 로마로 이사하였고, 로마에서 경매 중개인으로 생계를 꾸리며 아들을 교육했다.[10] 호라티우스는 고향에서 플라비우스라는 이름의 선생 밑에서 공부하였으며,[11] 곧 로마로 이사하여 오르빌리우스의 학교에서 공부하였다.[12] 이후 아테네로 유학을 떠나 철학을 공부하였다.[13]

호라티우스는 아테네 유학을 중간에 포기하였으며, 브루투스의 군사대장으로 내전에 참여한다.[14] 기원전 44년

---

6) 『풍자시』 II, 1, 34~35행 "루카니아 사람이기도 하고 아풀리아 사람이기도 한 나는......왜냐면 베누시아의 농부는 두 지방이 맞붙은 경계에서 밭을 갈며 사니까요. *sequor...Lucanus an Apulus anceps / nam Venusinus arat finem sub utrumque colonus*."

7) "Aufidus"는 『서정시』 III 30, 10행; IV 14, 25행; IV 9, 2행에서, "Vultur"는 『서정시』 III 4, 9행에서 언급된다.

8) 『풍자시』 I, 6, 45행 "해방 노예의 아들인 나에게 *ad me...libertino patre natum*."

9) 『풍자시』 I, 6, 71행 "작은 땅으로 가난했던 아버지는 *pater...qui macro pauper agello*."

10) 『풍자시』 I, 6, 86행 "그가 그러했던 것처럼 경매 중개인으로 내가 *ut fuit ipse, coactor*."

11) 『풍자시』 I 6, 72행 "그는 나를 플라비우스의 학교에 보내길 원치 않았다. *noluit in Flavi Ludum me mittere*."

12) 『서간시』 II 1, 69행 이하. 『서간시』 II 2, 41~42행.

13) 『서간시』 II 2, 43행 이하.

14) 『풍자시』 I, 6, 46~47행 "예전 로마 군단이 군사대장인 나에게

브루투스가 아테네로 온 시점부터, 42년 11월 마케도니아의
필리피 전투에서 브루투스가 최종적으로 패배할 때까지
호라티우스는 브루투스 밑에서 아우구스투스에 맞서 싸웠다.[15]
아우구스투스의 사면이 브루투스파에게 내려졌지만, 희랍에서
로마로 돌아온 호라티우스는 사면의 대가로 재산몰수를 피할 수
없었다.[16]

　호라티우스는 호구지책으로 우선 재무관 서기[17] 일자리를
얻는다. 재무관 서기로 일하면 호라티우스는 그의 말에 따르면
가난을 면하기 위해 시를 쓰기 시작했고,[18] 시를 쓰면서
베르길리우스와 바리우스 등과 교제하였다.[19] 기원전 38년
겨울 베르길리우스와 바리우스가 마에케나스에게 호라티우스를
소개하여 주었고, 마에케나스는 호라티우스를 접견하였고, 접견

복종하였으니 *olim quod mihi pareret legio Romana tribuno*"

15) 『서정시』 II, 7은 필리피 전투에서 같이 싸운 친구 폼페이우스에게
바치는 시다. Epist. II, 2, 4, 46 이하 "허나 험난한 시절에 나는 사랑스러운
그곳을 떠나, 군사의 문외한이면서 내전에 휘말려 군대에 들어갔고 우리는
카이사르와 아우구스투스에 훨씬 열등하였습니다. 그리하여 필리피 전투에서
패하여 쫓겨나게 되어"

16) 『서간시』 II, 2, 50행 이하 "동전 한 닢 없이 비참한 꼴로 아버지가 물려준
재산과 시골 땅도 잃고 *decisis humilem pennis inopemque paterni er Laris et
fundi.*"

17) Suetonius만이 이를 전하고 있다.

18) 『서간시』 II, 2, 51행 이하, "가난 때문에 감히 나는 시를 쓰게
되었습니다. *paupertas impulit audax ut versus facerem.*" 여기서 '가난'은 얼핏
보기에 그렇게 보일 수도 있지만, 사실 시인의 물질적 빈곤이 아닐 수도 있다.
'가난'은 호라티우스 문학에서 에피쿠로스적 삶의 이상을 대신하는 말이다.

19) 『풍자시』 I, 6, 55행 이하 "예전에 위대한 베르길리우스, 또 바리우스가
내가 어떠한 사람인지를 말하였고 *optimus olim Vergilius, post hunc Varius
dixere quid essem.*"

9개월 후에 마에케나스의 피호민이 되었다.[20] 기원전 34년 호라티우스는 마에케나스에게서 사비눔 영지를 선물 받았으며, 사비눔 영지는 호라티우스에게 경제적 안정을 가져다준다.

기원전 35년 『풍자시』 제1권을 발표하였으며, 기원전 30년에는 『비방시』와 『풍자시』 제2권을 발표한다. 기원전 23년에는 『서정시』 1권~3권을 묶어 발표한다. 기원전 20년에는 『서간시』 1권을 발표한다. 기원전 14년에는 나중에 『시학』이라고 알려진 서간시를 포함한 『서간시』 2권을, 기원전 13년에는 『서정시』 4권을 발표한다.

수에토니우스가 전하는바, 호라티우스는 마에케나스가 떠나고 59일 후에 로마에서 57세에 죽었다. 에스퀼리아이 언덕에 마에케나스 무덤 옆에 매장되었다. 그때가 기원전 8년 11월 27일이었다.

---

20) 『풍자시』 I, 6, 61행 이하 "그리하여 9개월 후에 나를 다시 불러 친구들의 무리에 함께 하도록 명했다. *et revocas nono post mense iubesque esse in amicorum numero*"

서양 문화와 문화인 상(像)의 원류

이종숙(서울대학교 명예교수)

호메로스도 졸 때가 있었다, 평범한 시인은 인간들도 신들도 책방주도 용서치 않는다, 정상에 못 미치면 그대로 바닥일 뿐, 애비 유골에 오줌을 눴나, 같지도 않은 시에 죽자고 매달리다니, 간결하려고 애쓰다 모호해진다, 태산이 몸을 풀어 생쥐가 태어났다 등 인구에 널리 회자되는 말들이『시학』이라고 흔히 불리는 이 서간시, 즉 호라티우스가 피소 부자에게 보내는 시로 쓴 편지에서 나왔다. 이 편지와 여기 함께 번역된『아우구스투스에게 보내는 편지』와 『플로루스에게 보내는 편지』는 문학 지망생들의 등골을 오싹하게 만드는 촌철살인의 문학비평으로 가득 찬 보물창고다. 그뿐이 아니다. 바로 이 창고에서 후대의 서양 시인들이 금과옥조로 여기게 된 시작(詩作)법과 소위 '호라티우스적 문학관'이 나온다. 예컨대 서양 시학 전통에서 되풀이되어 일어나는 논란인 전통과 현재, 옛것과 새것의 패권 싸움에 대해서 호라티우스는 이런 대답을 준비한다. 시간이 지나면 술에 맛이 들듯, 시의 맛과 가치가 시간에 달려 있다면, 도대체 얼마나 시간이 지나야 시에 맛이 들고 가치가 올라가게 되겠는가, 시는 술이 아니다, 낡은 시건 새로운 시건 시의 맛과 가치는 시간에 의해 좌우되지 않는다. 또 플라톤 이래 서양 시학의 핵심적 관심사가 된 시의 가치, 특히 시의 감화력과 교육적 가치에 대해서는 이렇게 말한다. 눈물 짓는 나를 보겠거든 네가 먼저 아파해야 하겠고, 그때 네 불행이 날 울리리라, 시인은 이롭게 하거나 즐겁게 하기나 해야 한다, 시인은 유쾌하며 인생에 도움이 되는 걸 노래해야 하고, 달콤하면서도 쓸모 있는 것을 잘 섞어야 한다, 독자에게 즐거움과 교훈을 줘야 한다.

위의 인용문에서도 알 수 있듯『호라티우스의 시학』에서
호라티우스는 작시의 기법을 가르치되, 기법이 기법으로 끝날
수 없다는 것을 보여 준다. 그에게 시란 세상을 향한 시선이고
발언이며, 시 짓기의 기법은 독자로 하여금 시의 시선을 함께
나누고 시의 목소리에 귀 기울이게 하여 시 속으로 들어오게
만들 수 있는 힘을 확보하는 방법이자 그 힘을 구사하는
기술이다. 그에게 좋은 시란 정교한 언어 구사, 흠잡을 데
없이 꽉 짜인 형식, 전체와 부분의 일관성, 주제와 수사의
조화 등 기교적으로 탁월한 시를 의미할 뿐 아니라 독자에게
즐거움과 윤리적 교훈을 주는 시를 의미하기 때문이다. 좋은
시가 좋은 삶과 무관하지 않다는 이런 생각, 플라톤의 시론과
아리스토텔레스『시학』의 화해라 할 만한 이런 생각이야말로
호라티우스가 서양 문학 전통에서 확고한 위치를 차지하게 된
이유를 잘 설명해 준다.

　『호라티우스의 시학』은 청소년들에게 시 잘 쓰는 법과 더불어
잘 사는 법도 가르쳐 줄 수 있는 '교과서'로 받아들여졌고,
12세기에 이르러 학교 교과과정에 편입되어 베르길리우스에
버금가는 영향력을 중세 전반에 걸쳐 행사했다. 이른바 정전이 된
『호라티우스의 시학』은 16세기 르네상스 인문주의의 교육 이상과
결합하여 르네상스 시대를 달군 시 옹호론에 이론적 뿌리를
제공했으며, 고전주의 시대에는 아리스토텔레스의『시학』과
더불어 형식주의적 이론의 선구가 되었고, 이후 모더니즘 시대에
이르기까지 살아남아 강력한 영향력을 행사했다. 여기서 말하는
호라티우스의 영향력이란 교과서에 실린 시 한 편이 가질 수
있는 영향력 정도를 의미하는 게 아니라, 유럽의 2000년 문화
전통을 형성한 뚜렷하고도 결정적인 영향력을 의미한다. 시와
윤리의 결합이『호라티우스의 시학』의 요체라는 생각은 단테로
하여금 호라티우스를 호메로스, 베르길리우스, 오비디우스,
루카누스와 함께 기독교적 윤리를 예언적으로 보여 준 5대

이교도 시인으로 손꼽게 만들었다. 그러나 호라티우스의
영향력은 시와 시학에서 그치지 않는다. 달리 말해 호라티우스
시와 시학은 문학과 문화가 윤리적 삶을 이끄는 요소라는 생각을
서양 사회에 뿌리 내리게 하는 데 결정적인 역할을 했다고 말할
수 있기 때문이다. 이탈리아 르네상스를 이끈 페트라르카가
호라티우스의 자화상에서 자신이 모방하고자 하는 삶의
방식을 발견했듯이, 호라티우스는 유럽이 이상적으로 생각하는
문화인 상(像) ─ 자신을 객관화 하는 데 익숙한 인물로서
사교적이면서도 상식적이고, 공적인 윤리와 애국심을 저버리지
않으면서도 개인적이고, 친구들과의 교유를 즐기면서도 자족적인
삶을 챙길 줄 아는 그런 인물상 ─ 을 만들어 냈기 때문이다.
한마디로 후대가 '호라티우스'라고 부르게 된 이 문화인의 상이
바로 그의『시학』에서 완성되었다는 뜻이다.

　서양 문화와 문화인 상의 원류라 할 만한『호라티우스의
시학』과 서간시를 김남우 박사의 우리말 번역으로 읽게 된
것은 어느 모로 보나 경사일 수 밖에 없다. 호라티우스의
라틴어 원문이 그 자체로서도 번역하기 쉽지 않을 뿐 아니라,
원문이 지어내는 호라티우스라는 페르소나와 그 페르소나의
목소리 ─ 도회적이고 온후하면서도 독자의 허를 찌르는 따끔한
목소리 ─ 또한 번역하기 여간 까다로운 게 아니기 때문이다.
그뿐만 아니다. 원문의 의미를 충실히 옮기기 위해 원문의
어순과 수사 전략까지도 고려하여 원문이 가진 겹겹의 뉘앙스를
재현하려고 노력한 점, 우리의 근대문학에서 피온 풍부한 우리말
어휘와 문체를 적절하게 동원하여 자연스런 운율을 만들어낸
점 등 김남우 번역 특유의 문제의식과 미덕이 이 번역에서도
효과적으로 작동하고 있으며, 그런 탓인지 번역가 김남우의
내공이 그 어느 때보다 더 빛난다. 모두 다 반갑고 고마운 일이다.

세계시인선 _____ 호라티우스의 시학

1판 1쇄 찍음 2019년 2월 5일
1판 1쇄 펴냄 2019년 2월 10일

지은이   호라티우스
옮긴이   김남우
발행인   박근섭, 박상준
펴낸곳   (주)민음사

출판등록   1966. 5. 19. (제16-490호)
주소   서울시 강남구 도산대로1길 62
           강남출판문화센터 5층 (06027)
대표전화   515-2000   팩시밀리 515-2007

www.minumsa.com

ISBN 978-89-374-7539-9 (04800)
      978-89-374-7500-9 (세트)

세계시인선